石榴红

SHILIU HONG

海飞/陈树 · 著

浙江少年儿童出版社 · 杭州

我的小手,我的小手,像太阳

爬山坡,爬山坡

哎哟哟

爬到了腰上歇歇脚

爬到了肩上笑一笑

一爬爬到头顶上

到处都是亮堂堂

妈妈说,这是我们之间的秘密。

目录

MULU 石榴红

楔　子

轰隆一声响!

小欢猛地睁开眼,从两层单薄的棉被里轻盈地钻出来,伸手撩开挂在木窗上的小碎花窗帘,窗外天井里,妈妈低头生火的样子映入小欢黑亮的眸子里。安娜一抬头,看到窗子里女儿顶着一头乱蓬蓬的短发,稚嫩的笑脸正冲她露出一对喜人的酒窝。小欢满脸欣喜地冲安娜喊道:"妈,你真厉害,你说这几天会打雷的,真的打了,春雷!"

看着女儿无邪的笑脸,安娜的心痛病又犯了,多好的孩子啊,可从出生到现在,九年了,一直跟着她居无定所,连头发也理得跟男孩一样短。

又是轰隆一声响!

母女俩不约而同地抬起头,一道明晃晃的闪电划过蒙蒙亮的天幕,像吞云吐雾的龙,也像蜿蜒盘旋的蛇,亮了两秒，又瞬间暗了。安娜在心口念道："春雷响，惊蛰到，冬天终于要过去了。"她又看了一眼满脸明媚的女儿，就在这一刹那，安娜决定让小欢把头发留起来，扎起辫子，做一个漂亮的女孩。

这是一九三七年的第一声春雷，安娜和小欢租住在杭州富义仓那幢通风良好、宽敞明亮的宅子里。几只跳动的麻雀像是闻到了面香，在满是潮气的院子里叽叽喳喳，它们像春雷的使者在遥喊小草复苏，要唤醒沉睡的虫蚁，还期待嫩嫩的柳条早一天飘荡在京杭大运河的两岸。可事实上，寒冷的冬天并没有如安娜期望的那样顺利度过。

细密的雨丝沿着天井的四周滴下来，层层叠叠，密密麻麻，被雨丝晃了眼的小欢嘿嘿笑了一声，她想到了戏文里的水帘洞。二楼传来咣当开窗的声音，接着就听到一声长长的"啊哈"，小欢可以想象江枫站在窗子边捏紧拳头，高举双臂，张大嘴巴，整个背脊往后仰的模样。他这一通懒腰不仅要赶走未醒的瞌睡虫，连同昨晚钻进他肚子里的酒虫子也是要一齐赶走的。

"安娜，你的面不香啊，"江枫半个身子扑出了窗子，看着楼下罩着蓝粗布棉袄但仍窈窕的安娜说道，"春天到了，小伢儿要长身体的，你一天三顿阳春面，小欢吃了没营养的。"

安娜没有回答住在二楼的房东江枫，一双竹筷子将冒着热气的长面条挑得老高，然后放进端在手里的一只白壳碗里。面条就是这样逆来顺受的东西，你让它站起来它就站起来，你让它挫成一坨，它便挫成一坨。安娜看着碗里直冒白烟的细面条，深深地叹了口气，叹出了好多愁闷和无奈。

这时，小欢已经披着一件淡粉色的夹袄站在了安娜身边，仰着脖子冲二楼的江枫喊道："江疯子，你小心口水滴下来。"

安娜瞪了小欢一眼，她不许小欢叫房东先生的绰号。小欢立即紧闭嘴巴，但妈妈一转头，她又立即仰起脖子朝江枫吐舌头，惹得江枫咯咯直笑，加大嗓门嚷嚷道："小欢，别吃你妈的阳春面，待会儿你跟我去听海半仙说书，顺便去他家隔壁吃油条豆腐脑。"这个祖籍江山的青年靠祖上的一点产业过得逍遥自在，骨子里流淌着杭州人特有的悠闲和舒坦。

小欢跟在安娜身后一溜烟地跑进了屋子，留下一串话像珠子一般散落在院子里一棵安静的石榴树下，然后又一颗一颗蹦到二楼江枫的耳朵里——小欢说，她先吃妈妈的面，再跟他去吃油条，听说书。江枫又笑了，他爽朗的笑声像柔暖的春风，吹响了挂在廊檐下的铜制风铃，丁零当啷，真好听。

第一章 燃烧的运河

安娜总是很忙。但她没有告诉江枫她在哪里工作，有时太忙，她会拜托江枫给留在家里的小欢弄口饭吃。江枫从没有问过安娜为什么这么忙，他似乎知道点什么，但是这又有什么关系呢？反正他空闲得很，多了小欢这么一条伶俐可爱的小尾巴，真是一件令人快乐的事。以至当他带着小欢疯玩的时候，他那在教会学校蕙兰中学教外文的女朋友汪五月总觉得有些恍惚，她在想，江枫啊，你什么时候才能长大？

安娜刚走，小欢嗒嗒嗒地踩着木楼梯冲上二楼，脚下带出的风扬起一夜积下的尘埃，尘埃飞转了几个圈，又落在楼梯上，它们不愿意离开自己的家。

"江疯子，你快点呀！"小欢推开门喊道。

看见江枫正站在镜子前一根一根地整理着自己额前竖

起的头发，小欢又急急地喊道："再不快点，海爷那就没好位子啦。"说完，江枫习惯拿在手里的扇子已经被小欢握在手里了，她埋怨道："不管冷热都拿把扇子，真麻烦！"江枫右手修长的食指和中指一夹，最后一根头发也精神抖擞了，他转过身笑嘻嘻地看着小欢道："嗯，个小书童尽该好①。走！"

江枫撑着油纸伞，小欢提着裤腿。半道上，江枫临时决定不去吃油条豆腐脑，而是掉头要去古水街吃喜子的馄饨，说走就走，气得小欢直跺脚，喊道："这么多路，还下着雨呢……"

等江枫津津有味地吃完小馄饨再赶到海半仙茶楼的时候，大堂里已经坐下了好几桌富贵闲人，他们喝早茶、吃点心，等着海半仙出场。

刚坐定，江枫就冲着店里帮工的伙计喊道："老四样。"

"好嘞，江少爷，一壶黄酒，一杯绿茶，一碟花生米，一盘瓜子。"正忙着给别桌加茶水的伙计清楚地记得江枫的习惯，拖了长音说道，"您稍等，就来。"

突然，茶楼静下来，众人的目光齐刷刷地看向高台上掀起门帘、红光满面的海半仙。海半仙穿一件蓝布长袍，手中也拿一把折扇，朝江枫和小欢的座位点了一点，算是打了招呼。他转而又向堂下的其他客人作揖，客人们拱手

---

① 编者注：江浙方言，意为"这个小书童很好"。

回礼。在富义仓，江枫和海半仙走得最近。作为忘年之交，两个男人就像是一对竹板，一见面就要发出撞击的声响。江枫除了喜欢听海半仙说书，还喜欢对着大运河疯喊。海半仙原名田四海，因为会算命，得了这么个名号。他掐指一算，说江枫早晚得在运河里疯一次，于是"江疯子"这个绰号便在富义仓叫开了。前几年，田四海盘下了这个茶楼，门匾上写着"四海茶楼"，他每天开场都是惊堂木一拍，瞪大眼睛，目光炯炯地看着满座高朋，声如洪钟道："四海之内皆兄弟，五湖震荡英雄篇。各位，今天要讲的是……"如今，大家都叫这里作"海半仙茶楼"，江枫常常去捧场。

海半仙放下惊堂木，哗地打开折扇，只抑扬顿挫的一句："四海之内皆兄弟，五湖震荡英雄篇。各位，今天要讲的是'铁面无私黑包拯，怒铡庞昱国舅爷'！"场下当即掌声雷动，小欢也跟着众人鼓掌叫好。江枫抿了一口黄酒，再看一眼四周，厅堂里已经座无虚席。

2

日子如同京杭大运河里的水，从不停止地往前流，安娜还是早出晚归，江枫在小欢和汪五月这一小一大两个女生之间忙碌。最近一段时间，汪五月跟江枫闹了些别扭。汪五月在美国的舅舅多次来信，说国内形势会越来越紧张，催汪五月和江枫去美国定居，可是江枫总是憨憨地笑着说，不舍得祖宗留下的这座宅子，还说在这运河边人人都称他一声"江少爷"，可要是到了美国，就成了蓝眼睛黄头发的洋鬼子嘴里说的东亚病夫了。一旁的小欢捂着嘴嘿嘿一笑，问道："有人叫你'江少爷'吗？"不等江枫辩解，她接着说道，"大家都叫你'江疯子'吧？"说完，一串银铃般的笑声拂过江枫尴尬的脸，瞬间，汪五月也扑哧一声，忍俊不禁了。

这时候，江枫总是拉起小欢的手，立马换个话题，喊道："走走走，河边摸螺蛳去。"留下汪五月指着江枫的背影怒喊道："我跟你说的你听到没？跟我去美国！"汪五月清亮的嗓音像穿堂的凉风，惊得屋檐下等着觅食的几只麻雀呼啦啦地一同振翅起飞了。江枫拉着小欢飞奔的背影一会儿就不见了，汪五月无力地落下手臂，跺跺高跟鞋，一同甩动的还有她齐耳的短发，她对着空无一人的院子说："哼！别再来找我！"可用不了两天，汪五月总是像回家一样熟悉地走进院子，缓步上楼，推开嘎吱作响的木门……

小欢一连五天在茶楼里聚精会神地听海半仙戏说"抗金英雄梁红玉"，发自内心地喜欢上了梁红玉。南宋时都城就在杭州，梁红玉自小跟着父亲学了一身好武艺，成年后成了英姿飒爽的抗金女英雄。海半仙说梁红玉的左手上戴着一个她父亲临终前交给她的玉镯子，这玉镯子里布满红丝，像是在战场上杀红了的眼。小欢就摸摸自己左手上的玉镯子，她的青玉镯子里有一条特别鲜艳的蓝色，与众不同。这是爸爸留下的唯一东西，她从小就戴着了，她只知道爸爸姓李，因为她姓李。想到爸爸，小欢有点走神，她记事以来，从没见过爸爸，每次问起，安娜总是满脸愁云，一言不发。

突然，嘈杂声打断了小欢飘飞的思绪，只见一个穿着西式衬衫，戴着一顶咖啡色布帽，比自己要高出一个头的男孩横冲直撞地闯进来，他兴奋地高喊着："爷爷，爷爷！"男孩身后一条长嘴的大狗瞬间扑进小欢黑水晶一般灵动的眼珠里，只见它全身的皮毛都是黄褐色，只有背上一团黑，大狗的皮毛柔顺得像台布上垂着的长流苏，小欢好想伸手去摸一把。

小欢正看着大狗着迷呢，给客人加茶水的伙计一转身撞到大狗，顿时惊慌失措，脸色煞白，手一松，滚烫的茶壶流星锤一般向男孩甩去，一圈座上的客人个个瞪大眼睛，仿佛被下了定身术似的，只是异口同声发出一声拖长了音的"啊——"，眼看着茶壶要砸中男孩，却爱莫能助！说时迟，那时快，江枫伸长手臂将男孩一把抱起来，那顶咖啡色的布帽应声而落，大狗轻轻一跃，衔住布帽。一圈宾客来不及眨眼，只听啪的一声，海半仙惊堂木一拍，响亮浑厚的嗓音立即回旋于整座茶楼："朱胜非献计飞马传诏，梁红玉平定苗刘兵变。欲知后事如何，且听下回分解。"一时间，众人像被解了定身术，台下掌声雷动，纷纷叫好。

海半仙拿起书案上叠好的锦帕擦拭额角的热汗时，才听到雅座传来的叫喊声，赶紧从后堂出来。原来，刚才被江枫救下的男孩是海半仙的孙子田小七，他原先同父母一起住在上海的租界里，八月，日本人虎视眈眈、蠢蠢欲动，田小七的爸妈就托人将儿子送回杭州爷爷这儿。跟田小七寸步不离的大狗与他一同长大，是他的好朋友，名叫"乌云"。

小欢再看黄褐色皮毛大狗背上的那团黑，果真像驮着一片乌云似的，暗暗觉得这名字取得真好。

海半仙搂着孙子好一通欢喜。

正巧，安娜来茶楼寻小欢。田小七看着安娜，傻笑着说："阿姨你真像小欢，你们一样漂亮。"

小欢一笑，一字一顿地说道："是我长得像我妈妈，不是我妈妈像我。"

田小七红了脸，不好意思地挠挠头，引得众人大笑不已。

海半仙不让安娜带走小欢，又说今天孙子从上海来，值得高兴，立马吩咐伙计去"德贤楼"定一桌酒席。

那天，江枫喝得手脚发软，就歇在了"德贤楼"。安娜和小欢走在悠长的运河边，暖人的河风、聒噪的知了、轻舞的垂柳、星星点点的萤火虫都让安娜有些困倦，嘴里酸的、苦的、辣的，五味杂陈，犹如她知晓的此时正处在水深火热之中的上海百姓内心的滋味。

"妈，我爸呢？"

安娜因思绪飘远而略显迷蒙的双眼顿时清醒过来，她望向正一本正经看着她的小欢，诧异于女儿突然的提问。小时候小欢也常常缠着她要爸爸，可只要安娜不说话或者说爸爸去了很远的地方，说他以后会回来看小欢的，也就能糊弄过去，然而此刻小欢的眼神分明告诉安娜："我有权知道我爸爸在哪里！"

安娜忽然双腿一软，幸好被小欢扶住了。母女俩牵着手坐在运河边的石级上，安娜怜惜地摸了摸小欢的脑袋，声音寡淡得像清水一样地说："你爸爸他一个人走了。"

"走了又是走去哪里了？"小欢却像一团热火似的追问着。

安娜长长地叹了一口气，像是要和河面上有些黏人的热风来个较量。安娜知道小欢是真的长大了，大到有了自己的心思，大到有了打破砂锅问到底的勇气，大到有了分辨是非的能力……这些都是该高兴的，可安娜却高兴不起来。她修长的手指像梳子一般在小欢齐耳的短发间游走，意识到一旦小欢开始迫切地想要得知爸爸下落，她的心就会像人们放进运河里的花灯，越漂越远。于是安娜狠狠心，对小欢说道："如果你不想让妈伤心的话，以后就不许再提起你爸爸。"

小欢愣住了，但看到妈妈泛红的眼眶里晶莹的泪水，她将满腔的疑问都咽了回去，点了点头。从此，爸爸就在小欢心里留下了他是个会让妈妈伤心的男人的烙印，小欢给他取名叫"李伤心"。

3

相比围炉取暖、喝酒听书的隆冬时节，热烈的夏更让江枫和小欢感到畅快。太阳高照时，他们就躲进海半仙的茶楼听书；太阳偏了，就赶紧跑到运河边摸螺蛳，挥着网兜抓抓小鱼虾——江枫总是在准备晚饭的过程中颇有兴致。

现在，小欢的屁股后面也有了尾巴，从上海来的田小七和乌云总是跟着他们一起闲逛，一起站在运河边，数河里一只只慢悠悠的船。田小七喜欢竖起一个大拇指，仰着脖子用骄傲的口气说话，他说黄浦江要比这条河宽得多，河里的船也大得多，多得多，有铁船，有木船。见江枫和小欢对他说的不感兴趣，田小七又提高嗓音吼道："阿拉上海宁就是结棍①，阿拉能在黄浦江里游三天三夜。"

---

① 编者注：上海方言，意为"我们上海人就是厉害"。

江枫顿时笑了，捏捏田小七的鼻子说："你爷爷海半仙是杭州人，你算哪门子上海人？"

小欢则说他吹牛："一个人怎么可能在水里泡三天三夜呢！"

田小七非但不生气，反而一个猛子扎进运河里。他的游泳技术确实比江枫还要厉害，潜到水里就跟一条乌鱼似的，好几次抓上大鱼来，紧紧地抱在胸前，把小欢乐得前俯后仰；有时候，大鱼也从田小七的怀里滑脱出去，那又会让小欢急得跟火烧房子似的，跳起脚喊道："鱼！鱼！鱼……"

宁静悠长的运河为小欢的叫喊声荡起涟漪，枝繁叶茂的垂柳为孩子的欢乐轻舞身姿，窸窸窣窣的虫吟像一曲又一曲伴奏，高歌着幸福时光。

傍晚，江枫将满满一箩鱼虾带回家，开始张罗晚饭。江枫让小欢和田小七将大虾和小虾区分开来，说大虾清蒸，小虾油爆，他自己则开始处理大鱼：鱼头切下炖豆腐汤；鱼肉片下来，剁得极细，捏成均匀的鱼丸子；剩下的鱼骨头用油一炸，香脆可口。经常是一条鱼好几种做法，馋得小欢和田小七站在江枫身后一遍又一遍地问，可以吃了吗？田小七总喜欢再加一句，饿死阿拉啦。

忙碌的安娜也总能吃上一口热乎乎的晚饭。江枫做菜，不仅讲究，还别出心裁，他特意叫铁匠铺里的师傅打了一口平底锅，把肉切成一片一片的，蘸着佐料放在锅里煎着吃。总之，江枫做了很多小欢和安娜以前见都没见过的美食。

小欢总是边吃边乐地说："江枫你应该做个厨师的。"

江枫抿一口绍兴黄酒，然后摇摇头，讲道："不可能，我祖上可是家财万贯，虽说现在败落了，可是我好歹还是江家大少爷……"

好几次他们吃饭的时候，汪五月像是闻到了香，菜一上桌，她踩着高跟鞋就冲了进来。安娜总是马上起身给汪五月张罗碗筷。有一次，汪五月一进门，见到他们有说有笑地在一起吃饭，找了个理由扭头就走。安娜催江枫快去追，江枫便放下筷子追出去。

小欢问安娜："五月阿姨怎么了？"

安娜摸摸女儿的小脑袋，握住她的两只小手说道："叔叔做了一桌子好菜，邀请了小欢和妈妈，却没有邀请五月阿姨，所以阿姨生气了。"

小欢若有所思地点点头。

第二天一早，小欢咚咚咚地上楼，拽住江枫的衣服，硬生生地把他给拉了起来。小欢对江枫说，晚上想吃烤肉，还有运河里的鱼虾螺，让他好好准备。江枫耷拉着脑袋，闭着双眼，小欢双手一放，江枫就像软塌塌的面条一样倒了下去。小欢索性爬上床，对着江枫的耳朵大声地喊："江疯子！"江枫吓得嗖地坐起来，面色惨白地看着小欢，惹得小欢哈哈大笑。

　　小欢又让田小七和乌云陪着她跑到很远的地方，摘回一大束野花送去学校给汪五月，告诉汪五月是江枫让他们送来的，还让她下课了去家里吃饭，今天江枫要为汪五月露一手。乌云在两个孩子的身后朝汪五月汪汪叫了两声，仿佛是要为两个孩子的话作证似的。汪五月的脸羞得绯红，她的胸膛里扑通扑通的像无数只青蛙在心河里乱跳，连小欢拉着田小七跟她告别也没听见。田小七说，今天五月阿姨怪怪的，小欢笑了笑，只有她知道五月阿姨为什么出神。

　　给汪五月送完花，小欢又拉着田小七和乌云赶到运河边，帮江枫摸螺蛳、捉鱼虾。田小七嘴里叽叽喳喳唱个没完没了，小欢随口说了句："烦死了，田小七。"一旁正摸了一把大螺蛳的江枫突然笑道："小七，你来杭州跟了你爷爷海半仙，就也得有个艺名了，你嘴巴不闲着，就叫田小雀吧！"小欢赶紧鼓掌，连呼三声"田小雀"。田小七也不生气，就缠着小欢斗歌，小欢没学过什么歌，但是有一首她跟妈妈爬山时一起创作的歌，平时她当宝贝似的，可不太拿出来哼呢，因为妈妈说过这是她们之间的秘密，说不定什么时候就派上用场了。今天可被田小七逼急了，小欢气呼呼地说："田小雀，你别稀奇，不就是唱歌嘛，谁不会。"于是小欢一边唱，一边做动作：

　　　　我的小手，我的小手，像太阳

爬山坡，爬山坡

哎哟哟

爬到了腰上歇歇脚

爬到了肩上笑一笑

一爬爬到头顶上

到处都是亮堂堂

直到小欢唱完了，田小七才点点头，难得声音轻得跟蚊子叫似的说道："蛮灵的嘛！"见唱歌压不倒小欢，田小七又缠着小欢跟他学划水，小欢摇摇头，摆摆手，田小七就把河水扬上来，弄得小欢一身湿。小欢气得双手叉腰，瞪大杏眼，朝正在运河里上下翻腾的田小七吼道："等我爹回来，我让他收拾你！"

田小七只露出脑袋在水面上，仰着脖子，斜着眼睛，不甘示弱地也冲小欢吼道："哦哟哟，你爹是谁哦？怎么从来没见过他！"

小欢皱着鼻子吼道："我爹叫李伤心！"看着田小七这副嬉皮笑脸的模样，小欢简直是气不打一处来。她仿佛在向田小七强调她是有父亲的，其实小欢是在向自己的内心强调，她是有父亲的，只不过，这个父亲让母亲伤心了。

撸起裤管站在水里摸螺蛳的江枫一直没插话，他愿意听这样的斗嘴，这比海半仙说的戏文还要精彩。洒满金光的运河在视野里转了个弯，像极了河边浣纱的美娇娘，暖风吹得他短发乱颤，也吹得他的思绪像柳絮一般飘扬。他幻想着在不久的未来，能和汪五月有一双像小欢和田小七这样的儿女，他们一辈子就生活在美丽富饶的运河边，汪五月继续教书，他带着孩子们去听海半仙说书，教孩子们游泳，陪孩子们捉鱼虾、摸螺蛳，晚上等着汪五月一起回来吃饭……

江枫直起腰，扭动扭动脖子，发现自己确实瘦了些，瘦得弯下身子就要被折断似的，这么想的时候，他听到河岸上小欢焦急地朝他喊："江疯子，江疯子，田小七不见了！"

没等江枫缓过神来，田小七突然像只青蛙咚地从江枫的身边冒了上来，原来他潜在水里，一下子游到了江枫的脚下，随即冒出来的还有他怀里抱着的一条大花鲢。

看着田小七上岸，小欢又和他拌起嘴来，田小七发现小欢是在担心他，于是咯咯发笑，笑得浑身发抖。江枫说田小七简直成了一只湿答答的小河虾。小欢不准田小七笑，说："再笑我就不理你了！"但田小七还是笑，江枫也笑，小欢没忍住，也跟着笑了，运河边的柳树扭动着腰肢，仿佛在跳一支笑笑舞。

晚上，江枫做了一桌好菜，汪五月果然来了，笑盈盈地跟他们一起吃饭。吃完饭，江枫送汪五月回去，到了门口，汪五月问："你没别的要跟我说了吗？"

江枫并不说话，只对她耸耸眉毛，望着她笑。汪五月瞧见江枫嬉皮笑脸的模样，气得皱眉嘟嘴，赌着气讲，他和小欢才更像是一家人。说完，捏紧拳头打在江枫的心窝上，江枫顿时装作万分痛苦的模样，急得汪五月心疼不已，哪知道江枫顺势捏住了汪五月的拳头，对她讲："你想嫁给我了，对不对？想跟我生一个跟小欢一样可爱的女儿，对不对？"

汪五月挣脱了江枫的手，脸羞得绯红，扭头就跑。江枫在原地乐得哈哈直笑，双手围住嘴做成喇叭状，对着汪五月的背影喊道："我随时等着你嫁给我！"

4

八月末，安娜要去上海，小欢拍手称好，让妈妈给她买一支口琴，因为见过学堂里的女学生在吹，小欢羡慕得不得了。见妈妈一脸忧心，小欢说："放心吧，我跟着江枫。"安娜考虑再三，决定带着小欢跟江枫谈一次。

安娜看着江枫，久久没有说话。

江枫被安娜看得有点不好意思了，他挠挠头，顺势把头低了下来。小欢望了一眼欲言又止的妈妈，又看看江枫，眨了眨眼睛说道："我妈妈要去上海，觉得带着我外出不方便。所以，她想把我托付给你。也就是十来天的时间，不会给你带来很多麻烦的。"

江枫很随意地摆摆手说道："安娜你去吧，等你回来的时候，小欢已经养得白白胖胖了。"

"江枫你吹牛。"小欢有点生气地说道，她想了想又说，"梁红玉应该不胖。"

"这孩子，浸在戏文里出不来了。"安娜的笑容像四月的初阳，洒满了小欢的全身，她纤长的手指在小欢的发间游动。小欢的头发长了不少，已经垂到耳朵下面了，再过不久一定能扎起两根小辫子，安娜这样想的时候，似乎有一滴水滴在了她明亮的黑眼珠上，一眨眼，她把那滴水吞进了眼眶。安娜纤长的手指又在小欢的发间游走了一个来回，她想把女儿发间的味道揉进指尖。掩藏着心中的不舍，安娜柔柔地说道："等妈妈回来，就能给你扎起小辫了。"

江枫笑着补了一句："小欢，我给你买红头绳。"

那天，江枫下厨给安娜送行。红烧鱼头、爆炒螺蛳、油爆鳝丝，还有几个应季的小菜，江枫今天做的并不是杭帮菜，而是老家江山的口味，安娜和小欢虽然吃不惯辣，但依然吃得满脸兴奋，嘴里不停地发出嘶啦嘶啦的抽气声。

"如果是冬天，我还有更拿手的腌菜冬笋炖肉。"江枫说。

"可惜，五月阿姨总是说你们马上要去美国了。"小欢抬起遮在饭碗里的半张脸说。

安娜看了一眼小欢，面对即将要分别的女儿，安娜心中有说不出的滋味。

一直到小欢离开饭桌，江枫才在看了一眼安娜后打开一瓶绍兴黄酒，轻声地说道："你要小心。"

安娜浅浅地笑，说："你也一样。"

安娜拿起江枫放在桌上的酒瓶，给自己倒了一杯酒，然后又低声说道："如果我没有按时回来，会有一个朋友来接小欢，我们叫她'首长'，她并不知道你的名字，如果她来了，她会问你是不是'翠鸟'……"安娜端起酒杯一饮而尽，她看着江枫，又强调了一遍"首长"和"翠鸟"。

喝过酒的安娜眼光中有了一点湿润，她说："有些事情，你其实已经知道。"又说，"我这个母亲做得不称职，但眼下也只能这样了。没有国，哪能有家。但愿小欢日后能理解。"

"安娜，明天我和小欢陪你去香积寺烧个香，求菩萨保佑你平安归来。"

安娜笑了，她说她不信这些。

江枫的脸被几杯酒浸红了，他又举起斟满的酒杯，没有再说什么。

第二天上午安娜开始收拾行李，小欢却发烧了，吃了退烧药，可还是迷迷糊糊的，直到傍晚，小欢依旧高烧不退，但安娜已经到了不得不动身的时候。安娜放下小欢的双手，焦虑地看了一眼站在一旁的江枫，就在她提起包裹走到房门前的那一刻，小欢在她身后微弱地说了声："妈，院子里的石榴已经红了，你摘几个带在路上吃。"

安娜扶着门框，停了两秒。红石榴摇曳着身姿，两年前，她头一次走进这院子，就是因为这棵红石榴树才决定租住下来的。

江枫带着小欢，依然听说书、摸螺蛳、捕鱼虾，然后做大餐。田小七还是笑得跟麻虾一样，小欢也笑，但江枫知道小欢并没有那么开心，她心里时刻都想着安娜。安娜走后，江枫每晚都坐在天井里想着一些莫名其妙的心事，他有一些并不太好的预感，总有一个念头可怕地涌上来，然后他又拼了命地将它压回去。有一天，念头蹿上来说，也许小欢以后就得跟着他生活的时候，独自睡在房里的小欢在睡梦中喊妈妈的声音惊醒了他。江枫明显感觉到汗湿的后背袭来一阵冰凉。

那天，运河上的太阳被云遮住了，江枫摸了很多湿漉漉的螺蛳，一捧一捧扔到岸上，他招呼着提着篮子的小欢："全部捡到篮子里去，回去做椒盐螺蛳肉。"江枫凸出的喉结滚动了一下，像是运河上起风时翻起的一个浪来，他接着说，"那菜可是要花工夫的，用一根针把螺蛳肉一颗颗地挑出来，去掉它的肠子，留上面一点点小肉丁……"说着，江枫的喉结又滚动了一下，鲜得似乎已经吃上了黄酒配炒螺蛳肉，他的舌头忍不住在灌了风的口腔里吸溜了一声。

田小七一路叽叽喳喳地唱着跑着，他要去运河边找小欢和江枫。茶楼中，海半仙恰巧在这时又一次拍响了惊堂木，仿佛他知道要发生什么大事，只不过无力阻止，只能用一声响亮的惊堂木来祭奠内心的沉痛。

这时候，天上传来轰鸣的声响，田小七的歌声消失了，他怔怔地抬起头望天。他看到了飞机，他看见飞机像水牛一样撒了一堆粪便——那是炸弹！

拖着引线的炸弹从飞机的尾翼掉落，小欢在一阵细长的哨笛声中仰首凝望，满脸的好奇和诧异。

半空中，炸弹的引线被迎面的风扯出，随后便是两声惊天动地的巨响。

"不要……"田小七奔跑起来，可下一秒，他就被扬起的飞沙模糊了双眼，重重地摔倒在地。

江面上溅起的水花像毒液一般刺进江枫的双眼，整个世界仿佛都停歇了一秒，当他猛然睁开双眼时，那片刺眼的殷红正像一缕晨雾在河面上漾开。江枫呆若木鸡，亲眼看着一只手臂黯然沉入水底，瞬间，所有的悲愤在他那无比绝望的叫喊声中直冲云霄。

赤脚的江枫抱着不省人事的小欢，一路上跌跌撞撞，像个疯子。

爬起来又跌倒、跌倒又再爬起的田小七终于跑到运河边，他一个猛子潜进水里，心里翻来覆去地念叨着："小欢别怕，小欢别怕……"他想找到小欢被弹片炸飞了的手臂，但最终只找到小欢戴在手上的半个玉镯子，它在水下发出幽蓝色的光，像运河哀怨的眼。

汪五月守在医院熬到第四个日出时，小欢终于醒来了。一直在病房外的江枫眼睛红肿，满脸胡茬，憔悴到没有了人形。他不敢进病房，他害怕面对小欢，就像一直以来害怕面对自己的人生一样，选择安逸成了他日复一日无所事事的理由。江枫在病房外紧攥着拳头，听到小欢叫了一声："妈，我疼。"他仿佛一团灰烬的心突然复苏过来，疼得四分五裂，指甲深深地刻进手心，眼泪像天井边的雨珠一般往下掉。

小欢再仔细一看，被自己叫妈的人不是安娜，而是汪五月。

"五月阿姨，我妈呢？我疼。"

汪五月平复了一下自己的情绪，摸摸小欢白里带黄的脸蛋，微微笑着说："妈妈在上海，就回来了。"小欢又问江枫呢，汪五月愣了愣。等她走出病房找江枫时，走廊上空荡荡的。她不知道，江枫已经跑出了医院，尽管他不知道要去哪里，也不知道要去干什么！

江枫把田小七捞上来的断玉两头磨平，他出神地看着断玉中间蓝色的纹，它像一条血脉，江枫觉得它一定在思念小欢的左手。江枫请打金的师傅在断玉的两端包上雕花的金片，打金师傅技术极好，在玉镯中间穿了个眼，但一点也没碰到那段蓝色的纹。江枫将它穿上红线，挂在小欢的胸前。小欢说幸好李伤心留给我的玉镯还剩一段，不然我可真对不起他呀。面对日渐恢复的小欢，江枫再一次陷入了深深的自责，他总是想起自己对安娜说过的那句话——等她回来的时候，小欢已经养得白白胖胖的了。

在小欢昏迷的几天里，海半仙因为拒绝为日本人说书，无奈地关掉了海半仙茶楼，不得不带着田小七和乌云去上海了，因为上海有日本人也不敢进的租界。

江枫变得不喜欢出门，他依然给小欢做饭，但每日的食材都跟菜场的一个商贩说好，加了钱让送到家里来，有时候汪五月也带食材过来。可是突然静下来的日子让小欢备感陌生，她垂着空空的左袖，经常走到昔日门庭若市、而今大门紧闭的海半仙茶楼前。她在心里念叨：田小七，你还说教我游泳的，怎么说走就走了？如果我能游泳，也许那天就可以跳到运河里去了。这么想的时候，她断了的手臂伤口处就抽动了一下，牵连着心又痛了一回。小欢总觉得这是一场噩梦，可痛却是那么清晰，她在心底一遍又一遍呼喊着妈妈，可是她又害怕妈妈回来，她知道如果妈妈看到自己这样，一定会很难过的。

小欢每天都到运河边捡一个螺蛳壳，放到房间的角落里，捡到九十多颗了，还是不见安娜回来。

她不知道，上海早已沦陷。

杭州也未能幸免于难。日军进城后的一个多月里，伴随着头顶渐次加剧的风雪，杭州城的人口像在一夜之间蒸发了数十万。早在淞沪会战中，柳川平助率领日本第十军登陆杭州湾时，有所风闻的市民就开始陆续举家迁往萧山、富阳、桐庐、建德以及绍兴、宁波等地。到了一九三七年十二月二十三日下午，浙江省政府最后一批工作人员撤往金华的二十多个小时后，国民政府一纸电令，让建成通车才八十九天的钱塘江大桥自毁在一堆炸药中，为的就是避免杭州沦陷后，大桥为敌所用。混浊的钱塘江惊涛拍岸时，大桥的设计者——桥梁专家茅以升却像一棵秋天里落叶缤纷的树，远望着江面上冲天升腾的硝烟和火光，心中浮沉的唯有灰烬般的悲凉。大桥炸毁的这天晚上，茅以升在桌前写下了八个字："抗战必胜，此桥必复"！

次日，杭州沦陷。

5

被发到良民证的江枫不再让小欢单独出门。快要过新年了，小欢穿着江枫请裁缝做的新棉袄，黝黑发亮的头发垂到了肩膀下。那天，江枫低垂着眼眉，带着小欢走进了跛子的理发铺，跛子围着凳子走一步跛一步，可他手里的剪子却灵活得很，如果黑发丛是一座黑森林，那么跛子手里的剪子一定就是能自由穿梭黑森林的鸟。小欢的身子微微一颤，一串眼泪像晶莹的水晶一般，从明亮如天池的双眼里淌下来。江枫的心像寒月的冰，他无数次想过小欢没了左手以后痛哭流涕的模样，可是小欢一直没有哭过，没想到在这儿，在跛子的理发铺里，小欢流下了一串无声的泪。江枫浑身上下的毛孔都在不停地收缩，似乎每一个毛孔都在提醒自己，安娜说等她回来要给小欢扎起辫子，自己还说过要给小欢买红头绳，可是……

"剪吗？"江枫问。

小欢抬头看着江枫，摇摇头。

"好，那我们去买红头绳。"江枫说。

理发铺中间煤炉灶上煮着的开水翻涌起来，炭火升腾起一团团滚浓的白烟，跛子透过热腾腾的白烟，看着瘦长的江枫牵着小欢的右手跨出了铺子的门槛。身后长长的议论像运河上的一阵浊风从江枫和小欢身边拂过，小欢仰面看江枫，看到江枫嘴角温和的笑，她在妈妈的脸上看到过这样的笑。小欢把脑袋垂下去，认真地走路，她粉扑扑的小脸上也绽开了花。

一九三八年的一月三十日是农历丁丑年的除夕。那时，汪五月任教的蕙兰中学已经在美国传教士、校长葛烈腾的操持下，改成了一座难民救济站。整个杭城异常凄凉，吃完晚饭，收拾了碗筷，汪五月说想去拱宸桥上走走。于是，汪五月在拱宸桥上又一次要求江枫跟她一起去上海，她的舅舅给他们买的去美国的船票马上会寄到上海。

江枫固执地说，一定要等安娜回来。汪五月失望了，但她什么也没说，只留了封信给江枫，信里有她上海的住址，信里还说，如果江枫三个月内不出现的话，那她就走了。对于汪五月的突然离开，江枫显得手足无措，布满阴云的脸上更添了一层忧郁。

6

　　柳树抽芽的时候，小欢已经能单手扎头发了，右手拿着梳子把头发梳得柔顺，放下梳子，拿起长长的红头绳，把一头咬在白净的牙齿之间，另一头松松地勾在右手的小拇指上，接着头往右边倒，头发也跟着全往右边倒了。小欢举起右手，张开手掌，将所有的头发牢牢地抓在手心里，用小拇指勾住的红头绳笼住头发，换成大拇指和食指捏住红头绳送进牙齿间咬住，然后腾出手将头发和绳子拉紧，再拉过红头绳绕一圈又用牙齿咬住，反复十次，红头绳牢牢地将头发扎紧了，一直紧绷绷的、被小欢咬在嘴里的红头绳的一头，此时被小欢灵活的右手扯起来的另一头红绳围上，打起一个结。

　　这天，小欢高兴地看着镜子里右脸边多出一根松鼠尾巴长短的发束，她朝着镜子里的自己挤了挤眼睛，做出了一个很大的决定。小欢正儿八经地对着厨房里江枫的清瘦的脊背说："翠鸟同志，我们必须去上海了。"

江枫一惊，但很快反应过来这是小欢的声音，他转过身，拒绝了小欢的要求，因为他要在杭州等安娜或者"首长"。

那天，江枫买药回来不见小欢，走进小欢的房间却看到小欢留在书桌上给妈妈的信，信里写着："妈妈，我去上海找你了，如果你回来了就在家里等我。"慌乱的江枫看到衣柜里少了小欢的两件单衣，他放下小欢的信，赶紧拿上小欢的两件夹袄，又匆匆上楼收拾自己的衣物，也留了一张字条。

江枫冲下楼时，院子里满树火红的石榴花正朝他咧开欢笑的脸。江枫想：今年恐怕吃不上这棵树上的石榴了。

江枫冲到杭州火车站，正看见小欢甩着凌乱的头发，借助一只手的力量吃力地爬上了一列北上的火车，她的个子只到身旁大人的腰间。江枫的心里咯噔一下，又急又气，紧皱的眉头仿佛在说："这么小的女孩子心这么野！真是比你妈还厉害！"小欢也看到了江枫，她摸着胸前镶着金片的断玉，透过车窗，冲江枫大喊道："我去找我妈！"

说时迟那时快，江枫也爬上了那列火车！

风吹得好大，雨也来了，视线中的杭州城越来越小。火车行走在雨里，像是行走在运河里……

第二章　他乡遇故知

站在上海的街头，江枫用他瘦削的左手牵着小欢花菇一样粉嫩的右手。江枫觉得他的毛孔不适合吃带着点咸腥的上海的风，所以浑身不自在，看到汪五月留的地址已经被日本人炸了以后，他更是打了个深深的寒噤。这个时候的上海，除了租界，其他地方几乎天天都会遭受炸弹的轰炸，时时都能听到人们的哀吟。一整天过去，江枫和小欢都没有打听到汪五月的下落。

事实上，就在几天前，汪五月回了杭州，可从邻居口中得知江枫带着小欢去上海了。于是，她欣喜地日夜兼程赶回上海，一心想着马上就可以投入恋人的怀抱。她本想在被炸毁的房子附近找地方借宿几天，找一找江枫，然而，空袭过后的土地满目疮痍，处处可见伤亡的百姓。不停歇的战火燃起她心中的愤怒，她决定不在这里枯等江枫，而是走进了位于震旦大学礼堂的临时收容医院里，做了一名护士。周围的病床像稻田一样拥挤，每一张病床上都躺着缠满纱布和绷带的伤员，汪五月看着窗外，她觉得灰蒙蒙的天的另一边有一道光芒正在拼尽全力地打破这层灰暗，此时她与江枫之间的感情，需要坚忍、考验，以及默默等待。

在另一边，小欢抬头看着江枫灰暗的脸和忧郁的眼，拽拽他的大手，关切地说道："五月阿姨会没事的。"

江枫低下头，嘴角微微上扬，喃喃地说道："没有消息就是最好的消息……"江枫在宽慰小欢的同时，更宽慰了自己，他默念道，"五月，希望你已经去了美国，远离这场战争。"

上海的天空仿佛被头顶拥挤的房屋和凌乱的电线切割得支离破碎，空气中奔跑着比杭州城更为密集的尘埃。行走的人流和汽车像是埋头穿梭在河面上，这让江枫和小欢同时想起了他们的福地——杭州的大运河。

没有找到汪五月的那天下午，江枫带着小欢在路边胡乱啃了两口包子，又坐上有轨电车，沿着中华路和民国路叮当作响地转了一圈。小欢突然对着江枫叫起来："江疯子，不对啊，我们好像又回到了原地。"

听清原委的司机白了一眼江枫说："你这个人也是拎不清的，还不如你孩子灵光，方向你晓得的哦？"

后来，江枫牵着小欢追上了一辆往西去的无轨电车。

小欢一直趴在车窗口，贴着玻璃看街上过往的人群。她问江枫："在街上能找到五月阿姨吗?"

江枫抬手，很平静地抚摸了一把小欢的头，一字一句地回答道："从现在开始，我带着你找安娜。"

小欢听到妈妈的名字，眼睛都像被点燃了似的，兴奋地问道："去哪里找?"

"不知道。"江枫本来不想这么回答，可是他想不好该怎么回答，于是尽管他知道"不知道"这三个字说出口会打击到刚刚兴奋起来的小欢，可是他必须这么说，因为他心里清楚，安娜这么久都没有消息，那么她回来的路上一定布满了荆棘和野兽，这将是一场漫漫无期的寻找，小欢必须承受住。

小欢果然安静下来，靠近江枫，摸着挂在胸前的镶着金片的断玉。车厢里翻滚起一团经久不散的尘埃。

那天傍晚，看着街道旁石库门的头顶升起一阵煤炉的烟气时，小欢抬头问江枫："你饿吗?"

"是有点。"江枫回答的时候有些想念杭州运河里的鱼虾螺，还有那温热的、一入口就能让每一个毛孔都滋润起来的黄酒。江枫还有些想念海半仙，来到上海怎么可以不去看看老朋友呢，于是江枫的心揪了一下，他有些后悔，在跟海半仙闲聊的那么多辰光里，竟然没有多嘴问一句他们家在上海的哪条弄堂。江枫站在晚风中又打了个寒战，他莫名其妙地想到了跟富义仓只有千米距离的香积寺，他后悔那天没有拉着安娜去拜一拜。江枫想：这个时候想到香积寺，是菩萨给自己的什么暗示吗？江枫默默地想，回杭州以后一定要去香积寺烧炷香。他又想到了名气更大的灵隐寺，于是江枫在心里对自己说，还有灵隐寺，也是要去烧炷香的。人总是很恋家，一离开家，家乡的各种味道反而就像空气一样无孔不入。

2

渐渐安静下来的福煦路上亮起几盏昏暗的路灯，江枫和小欢的影子在高高瘦瘦的路灯杆下面被拉得笔直细长，像一对锋利的宝剑。拐个弯，是一家支着白布棚的馄饨铺子，清冷的夜里，白布棚显得愈发白，棚里一口大锅上滚滚而起的白烟让小欢浮想联翩，海半仙戏文里出现的妖魔鬼怪这会儿一股脑儿地在她的脑子里过了一遍，但是她不怕，因为她的小手正握在江枫的大手里。

江枫要了两碗大馄饨。小欢扭着脖子看着白布棚外一块长长的黑木板，轻声念道："阿四馄饨。"江枫摸了摸小欢的脑袋。从杭州的运河边到上海的小弄堂，一路走来，小欢问，江枫答，聪慧的小欢已经认识了不少字。

矮胖的老板端上两碗漂着葱花的馄饨，绿豆大的两颗眼珠子朝左袖管空空的小欢看了又看，用一口地道的上海话问江枫："你女儿的手怎么没有的？"江枫递给老板两毛钱，并没有答话。

"阿四，快点来碗馄饨。"

原来阿四馄饨的老板就叫阿四，阿四没有等到江枫的回答，不得不招呼生意去了。

"江疯子，你觉得是古水街喜子的馄饨好吃还是这个阿四馄饨好吃？"小欢咬下一口热气腾腾的馄饨问道。

"杭州的馄饨铺子不会多管闲事。"江枫的话很轻，但小欢依然听见了。

"江疯子，现在到处都是陌生人，我以后不能叫你江疯子了。"小欢舀起一个馄饨送进嘴里时，随口说道，"我得叫你叔叔。"

江枫愣了愣，放下勺子，他认真地看着也放下了勺子正看着他的小欢说道："你最好叫我爸爸，爸爸带着女儿来找走散的妈妈，这样比较方便。"

小欢顿时蹙起双眉，小脑袋摇得跟拨浪鼓一样，右脸边的扫把辫子也跟着一起摇晃起来，她急急地说道："我怎么可以叫你爸爸呢！如果李伤心知道我叫别人爸爸，他肯定会不高兴的，所以我还是叫你叔叔吧，叔叔带着侄女找妈妈也没什么不方便的。"

江枫笑了笑，继续拿起勺子舀馄饨。有时候他觉得小欢太懂事了些，懂事得都能做他的主了。

"叔叔叔叔叔叔……"小欢撒着欢地叫起来，还伴着一长串银铃般的笑声。江枫也笑了，他期盼着自己早一点把小欢还给安娜。里间的老板阿四正在下馄饨，他那双滴溜溜乱转的绿豆眼透过开水滚起来的蒙蒙白烟，看着这个欢快的独臂女孩。

接着，江枫带着小欢住进了街对面的东升旅馆，他们要了二楼的一间屋子，打开窗户正好看到阿四的白布棚馄饨铺。

第二天一早，江枫问清了路，带着小欢坐上电车，去了大美晚报馆。江枫交了钱，登一则寻人启事。这则寻人启事只有"李小欢寻母"五个字，下面一排小字留的是东升旅馆的地址。江枫迟疑过，但最终决定不写安娜的名字。在小欢的强烈要求下，又在"李小欢寻母"的字样下加印上一只小手掌的图案。小欢说，安娜如果看见这只小手掌，就知道报上这个李小欢是她的女儿李小欢。

当晚，小欢就拿到了报纸，她透亮的眼睛里闪着光芒，无比欢乐地抱着报纸早早入睡，仿佛明天的太阳一升起，妈妈就会坐在她的床边。

江枫和小欢每天都守在东升旅馆里，一步也不曾离开。太阳从东面升起时，小欢的心就跟着提起来，她整日地趴在窗前，看着窗外街道上来往的行人，期待安娜就在其中；直到太阳落下西山，小欢的脸上蒙上一层黯淡的阴影，她把报纸捧在胸前，只吃下极少的晚饭，就默默地躺在了床上。

他们度过了漫长而凄凉的一周，江枫又带着小欢到大美晚报馆，付了第二次"登报寻母"的钱。此后的半个月，小欢一眼不眨地盯着窗下走过的行人，可是并没有等来她日思夜想的妈妈。江枫意识到小欢的寻母启事恐怕不能带来期待的结果，在付掉当日的房费和三餐饭钱以后，他摸了摸自己的口袋，开始担心他和小欢在上海日后的生活。

又过了一日，江枫不得不对小欢说他们得换个地方等妈妈。江枫以为小欢会有一大串问题等着他来回答，可意外的是小欢只是点点头，就转身去收拾东西了，这样弱小却懂事的背影让江枫的心里直打战。

走出东升旅馆的江枫再次后悔自己在跟海半仙闲聊的那么多辰光里，他没有多嘴问一句他们家在上海的哪条弄堂，不然在如今这样的情况下，凭着他跟海半仙这些年的交情，一定是能够在他家住下的，那么就不用在外面花钱租房子了。但是很快，江枫还是带着小欢在东升旅馆附近的石巷弄里租到了一间屋子。房东太太姓董，穿素色旗袍，胸前别一块白色的手绢，大概四十几岁。她问清了江枫和小欢的关系，得知他们是来上海寻嫂寻母的，习惯性地说了一句："作孽呀！"接着转身去厨房拿出一个白面馒头，客气地递给小欢。小欢抬头看着江枫。江枫点点头，小欢才接过来，说谢谢阿姨。房东太太扯出胸前的手绢，抖了抖，大笑着说："真是个懂事的女小囡，以后你要叫我大妈妈。"小欢就乖乖地叫了一声大妈妈。

晚饭前，江枫又折回东升旅馆，给了店小二两块钱，拜托他如果有个女人来东升旅馆找女儿小欢，请他一定要到石巷弄的董太太家里来说一声。

因为战乱，上海的物价已经高得有点离谱，日子过得很紧张。偌大的上海去哪里找安娜，这问题缠绕在江枫心头，终日挥之不去。江枫一下子变得沉默寡言，每天都不由自主地走到东升旅馆去，在门口待上好一会儿，再走回来，把自己走成一道瘦长的影子。有时候，小欢也跟着去，更多的时候，小欢会留在董太太的家里，等董太太去隔壁搓麻将的时候，小欢吃力地帮董太太把院子打扫干净，因为董太太总是给她和江枫送吃的，江枫每次都说不好意思。

江枫总是低着头，话越来越少，小欢找各种话题来跟江枫聊天，实在没话说了，小欢就拿出纸笔缠着江枫教她认字。这可是个好办法，识字、造句、讲道理是永远也停不下来的话题。

夜深了，小欢睡着了，江枫才敢坐在院子里，喝一壶酒，流一串泪，为失去左臂的小欢，为没有消息的安娜，也为突然离开的汪五月，醉了，就趴在石台上一睡到天明。

清晨，董太太一盆洗脸水差点倒在江枫的身上。她吓得大叫一声，江枫醒了，抬起惺忪的眼，董太太拍拍胸脯喊道："哎哟哟，江先生啊，侬坐在这里困觉啊？"这时，小欢像只兔子似的从西屋里蹿出来，扶起有些尴尬的江枫走回屋子，留董太太在自己的房门口一脸的感叹，她微微摇头，嘴里发出啧啧啧的声响，同时将手里端着的一盆水泼在了地面上，啪的一声盖住了她的怜惜。

小欢用一只手拧干毛巾给江枫擦脸。那天，江枫抱着缺了手臂的小欢痛痛快快地哭了一场。那哗哗直流的泪水像是要和黄浦江连接起来似的，但是小欢没有劝江枫别哭，她反而说，哭吧，哭吧，哭出来就好了。因为小欢在运河边问爸爸在哪儿的那个晚上，她装睡后看到妈妈趴在凳子上哭，哭了很久，可是第二天，妈妈就又像没事人儿一样给她洗衣服、做饭了。

3

原地等待发展成了漫无目的的寻找。

安娜像是始终深藏在上海的某个角落里，虽然有许多次，江枫和小欢都觉得前面的那个背影就是安娜，可当他们赶上前去时，不管是阴天还是晴天，对方都是一双冷漠的眼。

"你还记得我妈妈长什么样吗？"小欢问道。

一辆电车开过后，江枫看着小脸冻得通红的小欢，点点头。

安娜的样子在小欢的脑海里却开始变得模糊了，她很担心如果再见不到妈妈，她就会把妈妈的样子给忘记，于是小欢拿出随身携带用来画大街小巷的笔记本，画出了安娜的头像。她问江枫画得像不像，江枫看着画像上安娜的眼睛，天井里生火的安娜像浅水中的一片玻璃般，即刻清晰起来。

江枫拿过小欢手里的本子，一边翻看一边说道："我们比比谁的安娜画得更像。"江枫没有想到小欢已经能写这么多字了，在她的小本子里密密麻麻地记着最近走过的上海的大街小巷，有不认识的地名就画出附近的标志性建筑，如新新公司、大上海舞厅，还有好几家位置不错的咖啡馆。江枫想：小欢就像一面流动的小红旗，她早晚会走遍上海的大街小巷，直到找到安娜为止。这么想的时候，他脑子里升腾起一个找安娜的好办法。

江枫和小欢商量出的结果是将安娜的画像从小本子上"搬"到大一点的宣纸上去，然后将宣纸贴上小欢的后背，再写几个字：寻找母亲。

当晚，江枫用两根针穿过了安娜的头像，将它别在了小欢脱下的那件秋装上。他大致考虑了此后的行走路线，像上海南站、海潮寺、先施公司，还有城隍庙和南市难民区，这些都是人群密集的去处。

第二天的效果是令小欢兴奋的。许多行人将她拦下，围着安娜的头像仔细辨认。小欢慢慢地行走在人群中，像一块移动的告示牌，她扑闪的双眼仿佛看到妈妈正穿过人群走来。

这年初冬的风一阵紧过一阵，寒风一再靠近安娜的头像，似乎要将安娜从小欢的后背上带走。于是，江枫不得不一次次让小欢停下，将针尖一次次扎进宣纸。

那天，回到家里的小欢努力抚平安娜的那张脸，但那时的安娜已经面目全非，仿佛满脸痛楚。

小欢不敢再摸宣纸上面目全非的安娜的脸，而是捏着挂在胸口的断玉，她不停地哽咽着"妈妈不疼，妈妈不疼"，眼里泛满了泪光。江枫走上前去轻按她的肩头，小欢号啕的哭声也就是在这时撕裂了开来。决堤的眼泪疾风骤雨般扑向安娜的额头和头发，安娜的脸瞬间散开，成了水墨画里的一团云雾。

转过身去的江枫顿时泪流满面。他那时想，再次见到安娜的那一天，这一幕，他是必定要跟她说起的。

听到小欢哭声的董太太掀开棉布门帘，急急地问道："小欢囡囡怎么啦？"说着，就把小欢从江枫手里抱过来，安慰道，"有事情跟大妈妈讲。"

听着江枫说了大概，又听着小欢抽抽搭搭地说了半天，董太太这才晓得事情的原委，她瞅瞅桌上面目全非的画像，又习惯性地啧啧啧了几声，叹息着说："作孽啦！可怜哪！"她随后吐出的一句话却瞬间让江枫眼前一亮——"一个男人、一个小孩到底是不行的。等下去我屋里拿一块阴丹士林布，把头像画在布上面。"

安娜的头像在第二天的阳光下稳稳地趴在小欢的后背上。小欢一路欢跑，甚至敢摇摆起身子来。

小欢转过脑袋说："妈，我们一起去北京路。妈，我们再去星加坡路……"

4

这样的日子持续了十六个月，其间江枫三次写信给杭州富义仓的邻居们，告诉他们若安娜或他人回去寻小欢，一定将他们在上海的地址转告，但都石沉大海，没有回音。江枫不知道是因为战火导致邻居们没有收到信，还是安娜或"首长"根本没有去过富义仓。

这一年上海的冬天，雪比往年提前到达。元旦那天，已经下到了第三场。江枫在这一天的清晨撕下第一页日历的时候，安娜的脸在他眼前一闪而过。

站立在窗前的小欢，用仅剩的一只手，咬紧牙关努力挤干一条毛巾，两片雪花就在这时钻进她的眼里。小欢想起杭州的富义仓。在富义仓的屋子里，她蹲在床上看着在窗外生火的安娜，那天打了春雷，惊蛰就要到了。那个时候很冷，可是天气会越来越暖，现在也很冷，而且会越来越冷。小欢又看见一片雪花，情不自禁地打了个寒战，她拿出揣在胸前的小本子，决定开始在记下了很多路标和妈妈画像的本子上写日记，专为妈妈写的日记。

一月一日　上午

妈妈，叔叔说今天是一九四〇年的第一天，我还没睁开眼睛就梦到你了。今天叔叔还会带我去街上，他也画了你的画像拿在手上，叔叔说这样会有更多人帮我们一起找你。祝你新年快乐！

小欢的文字里没有一点哀怨，仿佛安娜就在身边，只是在跟她玩捉迷藏。江枫递给小欢一个包子，他看懂了小欢写下的这些话。小欢大概还不会写"睁开眼睛"，所以就画了一双闭着的眼睛，又画了一双张开的眼睛，翘着长长的睫毛，很好看的样子。还有"街"字，小欢画了两条线，表示宽宽的马路。江枫来不及教小欢写她还不会写的字，可能在以后很长一段时间的日记里，小欢还得用画来代替字——可这是多好的童年啊。江枫回忆起自己的童年，于是他苍白的脸上露出一点冬日暖阳般的笑，尽管只是一点微弱的温度，但于江枫而言，已经温暖了他冰冷的心。

一月二日　晚上

妈妈，我很想念杭州，你一定也在想杭州，想我。你在哪里呢？叔叔一定也想家了，他好久都没有喝酒了，因为没有下酒菜。希望早点找到你，我们一起回家。

其实从东升旅馆搬出来的时候，小欢就知道江枫身上的钱不多了。漫无目的地找安娜，总是不能按时吃饭，江枫会带上两个捏进了盐巴的饭团，中午的时候从内衣的口袋里掏出还温热的饭团在手里比一比，要把大的给小欢。小欢推开大的，拿起小的，赶紧啃一口。小欢知道在杭州的江枫是何等潇洒，可现在却为了陪她找母亲，吃了这么多苦头。她什么都知道，所以更迫切地想早点找到妈妈。有时候，江枫一口饭团还没咽下呢，小欢端着一碗飘白烟的热水到他跟前，原来小欢敲开了弄堂里一个阿婆的门，问她要了一碗热水，给总是会胃痛的江枫。当然，有很多时候，小欢是会被当作叫花子吃闭门羹的，不过她从不抱怨。

不知多少次，小欢看着上海一条一条长长的望不到头的弄堂，忽然，双眼糊成一片，然后一个穿着素色旗袍的女人缓缓向她走来，那脚步声很熟悉，那笑脸很熟悉，那披肩的黑发透着的迷人光泽也很熟悉，小欢总会闷喊一声妈妈，然后一头冷汗地从睡梦中惊醒，她马上捂住嘴，生怕吵醒辛劳了一天却还要打地铺的江枫。她起身替江枫盖好被子，再把屋子里的炭火拨得更旺一些。

一月十八日　晚上

对不起，妈妈，日记只写了两天就停掉了。第三天的时候我想写的，但是不知道除了希望找到你还能写点什么。这段时间断断续续地一直在下雪，已经不能出门了，幸好房东大妈妈煮了菜泡饭叫我们一起吃。我有点想哭，所以我就把本子藏起来了，因为我不想叔叔看到我哭，他会更难过的。

一月二十八日　晚上

妈妈，前几天雪就停了，但是太阳一直不肯出来，我也躲在家里不敢出门，外面真的好冷。今天中午出太阳了，不过太阳毛毛的，好像也冷得发抖的样子。下午叔叔终于带我出门了，我们一直走到了苏州河。苏州河原来就是一条从苏州流过来的河。

今天是一·二八纪念日，叔叔给我讲了那一年十九路军的故事，还讲了谢团长和他的八百壮士。四行仓库就在我们的北面。

宪兵队手中的刺枪反射着雪地里的冷光，叔叔就带着我返回了。

回来的路上，我问叔叔日本兵要什么时候才会离开。他告诉我，要等到中国胜利的时候。妈妈，你说离胜利还有多久？

妈妈，我要去睡觉了，你来梦里看看我吧，再告诉我你在哪里，我真的好想你。

一月三十日　晚上

妈妈，我和叔叔把我本子上记下来的大街和小弄堂又重新走了一遍，那么多人看到了你的画像，可是他们都摇摇头说没见过你，你到底在哪里呀？

二月九日　晚上

妈妈，今天叔叔又带着我走了很多地方，可惜我们还是没有一点你的消息。回来的时候叔叔发现我右脚的鞋跟磨出了一个很大的缺口，鞋帮和剩余的鞋掌上紫黑的血迹也被他看到了。叔叔赶紧拉起我的右脚，看到了我已经磨去一层皮肉的脚后跟，我知道我脚后跟厚厚的血痂和还在往外冒的新鲜血液吓到了叔叔，我看到他的眼圈红了，赶紧说不疼。妈妈，我真的不疼，但是叔叔生气了，因为他早就发现了我这几天走路的时候老是用左脚一跳一跳的。他问我怎么了，我还告诉他这是学着那些街头的女孩，玩一种叫"跳房子"的游戏。

叔叔一个晚上都没有跟我说话，他很早就打好地铺睡觉了。妈妈，如果你在就好了，就可以帮我想想怎么才能让叔叔不生气。

妈妈，今天晚上的星星好像特别亮，有两颗星星真像你的眼睛。

12岁的小欢已经可以将日记写得很长了，趴在床上的她抬头看了一眼窗外的夜空，写下了最后一句话。她打了个大大的哈欠，翻身钻进了棉被，不一会儿就睡着了。而被小欢以为生气了早就睡着了的江枫其实一夜无眠，他终于想明白小欢是因为少了左侧的手臂，走路时的重心多少会朝着右边倾斜，由此，她的右脚就会更加磨鞋。他知道小欢为什么要瞒着他，因为她担心买新鞋又要花钱，而自己手头根本就匀不出买一双新鞋的钱了。如果再找不到安娜，下个月就必须回杭州了，因为连饭团也快吃不上了，而就算想回杭州，车票钱还不知道如何解决。想着这些问题，江枫终于没能忍住眼里酸楚的泪水，翻来覆去，一夜到天明。

二月十日　下午

妈妈，今天我们哪儿也没去。

早上起来，叔叔给我下面条了，真好吃。吃完面条，叔叔给我写了一首古诗，让我坐在床上念，叔叔教我的古诗是《春望》，我最喜欢的是"烽火连三月，家书抵万金"这两句。我还没背出来，叔叔就回来了，他带回一块陈旧的橡胶皮，说是从巷口的垃圾堆里翻出来的。叔叔说要给我修鞋。妈妈，叔叔好像没有生我的气了，他跟我说话的时候都笑嘻嘻的，我好像已经很久没有看到叔叔笑了。

江枫从董太太那借来一把剪刀，但她的剪刀太钝，敌不过又厚又硬的橡胶皮。所以江枫没能把那块橡胶皮沿着鞋跟给修剪浑圆，橡胶皮在鞋底外露出了一圈。所以，小欢穿上鞋子后，她的脚底像是踩着一片厚实的树叶。

小欢说不碍事。她穿着修补好的旧鞋，在屋子里不停地转圈，又不住地夸奖江枫的手巧。这时，董太太掀开门帘，让江枫和小欢去她屋里吃菜泡饭，还有馒头。江枫不好意思地摇头，董太太就过来拉小欢的右手，她笑意盈盈地说道："我一个人吃饭没味道！"

那天，董太太还给自己和江枫各倒了一碗酒，喝了酒，她开始絮叨，江枫和小欢才知道董太太的丈夫是个军人，但现在生死未卜，而她唯一的女儿在很久以前就夭折了。江枫沉默不语，他确实不知道该安慰些什么。突然，董太太冲着独臂弱小的小欢和满脸阴郁的江枫重重叹道："作孽啦！小叔子带着侄女找阿嫂。老天爷，你真要张开眼睛看一看、管一管……"

江枫知道董太太喝醉了。他何尝不想喝醉，可似乎再多的酒也麻痹不了他终日紧绷的神经。江枫又给自己倒了一碗酒，端起来喝下去，他的喉结在火辣的烈酒中滚动，浑身都燃烧起来。安娜临走时的面容，运河边投下的炸弹，小欢断掉的手臂，被炸成废墟的汪五月的住址，一切的一切走马灯般在江枫眼前闪过，惹得他双眼通红。

5

一九四〇年的二月六日是农历腊月廿九，明天就是大年三十了。一大早，江枫带着小欢去了城隍庙，每一日太阳升起时，江枫的心里总会燃起找到安娜的希望，这样的希望在小欢的心里更是强烈。

那天的城隍庙特别热闹，毛茸茸的太阳像个喷香的大烧饼，仿佛把所有的上海人都引诱到了这里。江枫和小欢为了让更多人看到安娜的画像，决定兵分两路，傍晚的时候在城隍庙门口会合。江枫将一个饭团递给小欢时，冲她摆摆手说："我们一定会很快找到安娜的，因为你的妈妈一定也在找我们！"

一个上午站在嘈杂人群中的小欢粒米未进，她瘪瘪的肚子发出一长串咕噜噜的叫声，小欢摸了摸胸口，又把手放了下去，她决定把饭团留到下午吃，因为下午会更饿。小欢觉得腿脚有点发软，就往后退了退，想靠在墙根上休息一会儿，没想到却迷迷糊糊睡着了。

不一会儿小欢的周围就围满了人，一条大狗正在扯着断臂女孩的空袖子，仿佛女孩的左臂就是被这狗撕咬下来的一般，夹在人群中的几个洋人看好戏似的说，中国人说的"狗咬破衣衫"还真有意思……

疲惫不堪的小欢在大狗的狂叫、杂乱的议论声中，从见到妈妈的美梦中猛然惊醒，她吓得脸色惨白，尖叫一声。接着，小欢瞪大眼睛，突然亲切地抱住扯咬她的空袖管的大狗，大叫道："乌云，乌云！我可想你了！我和叔叔都想你，想海爷，想小七！"

大小欢两岁的田小七跑了过来，他一身脏兮兮的，个子又高了一些，但是面黄肌瘦，单薄得很。田小七哇哇大哭起来，仿佛要在黄浦江边哭出一个运河来似的，他一边哭一边号叫道："小欢，小欢，小欢……"他把想说的每一个字都喊进了"小欢"里，字字带着流淌进血液和骨髓的分量。

小欢掏出胸口还热乎的饭团递给田小七，田小七接过饭团狼吞虎咽地连咬三口，又突然停了下来。小欢看着还没下咽的饭团把田小七的嘴撑得鼓鼓囊囊的，以为他噎住了，赶紧给他拍拍背，可是田小七却把饭团递还给小欢，边嚼边说："我不该吃你的。"

小欢摇摇头，一脸笑意，见到好朋友的喜悦早就冲淡了她的饥饿，她眨眨眼睛，骗田小七说她已经吃过午饭了，这个本来是打算留着晚上吃的。

田小七拿着饭团缩回了手，抹了一把鼻涕，把饭团揣进衣服里："那我就把饭团带回去给爷爷吃。"听到海爷的小欢很欢喜，她问海爷怎么样，说到爷爷的田小七却又哭了起来。

小欢这才知道，一年前，田小七的妈妈走在街上，被日本人骚扰，他爸爸气不过，就打了日本人一拳，结果田小七的爸爸妈妈就被抓进了宪兵队。海爷拿出了所有的积蓄，四处托人想救出儿子媳妇，可是没几天，宪兵队就扔出了两具尸体。海半仙想不通儿子媳妇怎么就这么没了，变得一时正常一时疯，更多的时候就瘫在床上。爷孙俩除了守着秋风渡一幢空空如也的石库门，吃穿都成了问题，田小七这才哪里热闹去哪里讨饭。可他经常什么也讨不到，那么患病在家的海半仙也就只能跟着饿肚子。

江枫在城隍庙的门口见到了小欢和田小七，还有冲他汪汪直叫的乌云，他们一刻也不耽搁地往秋风渡赶。江枫曾在捉襟见肘的情况下，无数次想过有朝一日能在上海的街头巧遇海半仙，可现在……

江枫觉得这一年多来他不像男人了，因为动不动就会流泪，此刻，他根本控制不住自己热滚滚的泪珠从红眼眶里淌出来。

海半仙像一床扔在藤椅上很久的破棉被。那天傍晚，海半仙望着门口缓缓靠近的三个熟悉的身影，瑟瑟抖动着坐直了身子。一股霉味从角落里升腾起来时，小欢捏紧了鼻头。海半仙咳嗽了两声，往前细探的眼睛在颤抖间红肿了起来。

小欢很难将藤椅上佝偻发颤的老人和两年多前精神抖擞的说书人联系在一起。一股凉意从脚底升起，顷刻间覆盖小欢的双眼。她顿时觉得，时光像是在恍惚间走过了一排排的山水与沟壑。

海半仙细长的眼睛里突然冒出一道耀目的亮光，他盯着小欢说："我在苏州河南岸见过你妈妈。"

小欢回过神来，冲到藤椅旁，蹲下来，可再怎么问，海半仙都只摇摇脑袋，目光迷茫，偶尔蹦出"苏州河"几个字。

江枫想带海半仙和田小七去清水澡堂泡个澡，毕竟明天就是除夕了。可是摸摸干瘪的口袋，他手心和后背同时冒出一阵冷汗，这本就不够用的钱更得省着花了，现在又多了一老、一小、一条狗，三张嘴巴。

"小七，你去烧水，越多越好，再生一堆火，越旺越好。"江枫对田小七说完以后，扶起蹲在海半仙身边的小欢，轻声说道，"去屋里给海爷整理一套衣服出来，我给他洗个澡。"

闪着泪花的小欢跑进伸手不见五指的屋子。

"汪，汪汪……"乌云朝小欢叫了几声，便跟着她跑进屋子，它许久不见小欢，一刻也不想与她分开。

江枫背着睡着的小欢回到石巷弄租住的房子时，已是深夜，他把小欢放在床上，开始整理东西，打算明天一早就把住了一年半的房子退给董太太。其实并没有什么可整理的，但是江枫睡不着，等到月光快要褪去的时候他才打起鼾来。

"小囡囡，江先生，起来吃包子啦，小囡囡，今天过年，大妈妈蒸了肉包子。"一早，董太太在门口喊道。

小欢一骨碌从床上爬起来，应了一声。小欢起床的第一件事不是刷牙洗脸，而是把昨天一天发生的事写进给妈妈的日记里。小欢觉得安娜离她很近，近得似乎能看到她写的每一个字，能听到她说的每一句话。

等小欢和江枫拿着包裹站在董太太面前告辞时，董太太惊得掉了手里拿着的包子。小欢赶紧蹲下身子把包子捡起来，用手掸了掸，笑着说道："没脏，我吃。"她又笑着对董太太说，"大妈妈，我和叔叔终于找到在上海的亲人，他们住在秋风渡，今天我们就要搬过去了。"

"噢，噢，噢。"董太太还沉浸在意外之中，转身去拿蒸笼里冒着热气儿的大肉包子，把小欢手上掉在地上的包子换下来，眉宇之间带着几分凝重，说，"吃！"

"董太太，这段时间谢谢您了。"江枫苍白的脸上挤出一个微笑，他缓缓地从口袋里仅剩的五块钱中掏出两块来，塞进董太太的手心，又诚恳地说道，"老是吃您的饭菜，实在不好意思。"

"勿要，勿要。"董太太反手就将钱又塞回了江枫的手里，急急地说道，"真的要走啦？"说着，她低头看了一眼正咬下一口包子，满眼都写着香喷喷的小欢。

江枫没有出声，只是点了点头。

董太太摸了摸小欢的脸，又摸了摸小欢垂在右脸边的长发束，声音低沉地对江枫说："侬等一等。"

从棉布门帘里走出来的董太太像从画框里走出来似的，她非要将三块钱塞进江枫的口袋里，说那是预付的房租里多余的部分，又把十块钱和一块阴丹士林布塞进了小欢的包裹，她的大手一直捏着小欢的右手，不让小欢把她塞进包裹里的东西拿出来。董太太对小欢说："小囡，等开春了让叔叔找个裁缝给你做件新衣裳，你长高了。"

江枫牵着小欢，一步一回头地走出了董太太的院门。小欢看着冲她摆手、朝她微笑的董太太泛红了眼眶，想起了妈妈红着眼眶从杭州富义仓离开的那个傍晚。

"等一等，小囡，等一等。"捧着一个热气腾腾的牛皮纸袋追出一条弄堂的董太太叫住了江枫和小欢，她把装着包子的牛皮纸袋递到江枫的怀里，再也没忍住眼里的泪水，蹲下身子，抱着小欢喊道，"小囡啊，今朝过年啊，大妈妈又要冷冷清清一个人了。"

小欢的泪珠子滴在董太太的肩头，她好像嗅到了妈妈的味道，小欢伏在董太太的耳边说道："大妈妈，我会回来看你的。我的海爷生了很重的病，需要我和叔叔照顾。"

江枫要带着小欢去坐电车，可是却被小欢拉住了。小欢说早晨的空气好，她想走路去海爷家。这个寒冬的早晨仿佛注定是用来伤感的，江枫扬了扬嘴角，点点头，他取下小欢右手臂上挽着的包裹背在自己肩上。小欢空空的左袖在略显冷清的上海街头飘啊飘。

7

去年的新年，小欢知道江枫想给长高了的她买一件棉衣，于是小欢从旧棉衣的左袖管剪下一截，求董太太帮她缝到右袖管上去。看着小欢穿着改过的棉衣在屋子里欢乐地转圈，江枫闭了闭眼，转身走出屋子，给小欢买回一根冰糖葫芦，那是她上街找妈妈时，馋了好久却从不提想吃的。

小欢笑着接过包裹着亮晶晶糖衣的冰糖葫芦，迫不及待地伸长舌头舔一口。"真甜！"她眨动着双眼，快活地对江枫说，"叔叔，你吃。"小欢一脸幸福地将冰糖葫芦递过去。

"我才不吃小孩吃的东西呢，粘牙，难受。"江枫一副不屑的模样，转身又要出屋子。他背对着小欢，脑子里满是小欢的笑脸，满是她在街头巷尾看见叫卖冰糖葫芦的流动商贩时，那一次次回头渴望的眼神。江枫揪紧了五脏六腑，恨自己为什么不早一点给孩子买一根。

今年，江枫很早就萌发了要送小欢一份新年礼物的念头，可物价飞涨，买一件棉衣的钱放在以前够置办三床棉被了。加上董太太给的三块钱，江枫手里也就只有八块钱，但给小欢买新年礼物的念头在这个冷风刺鼻的早晨愈发强烈。

下午，江枫独自去了街上，挑选了好久，终于决定用一块钱买一块毛巾送给小欢，本来他想给田小七也买一块的，可还是忍住了，于是他就自我安慰道，女孩子嘛，总是爱干净一些的。但其实江枫是觉得愧对小欢，因为他没有照顾好她，让她没有了左手臂。江枫还花了五毛钱买了一壶酒，买酒的时候他也想了好久，最终还是决定买一壶，因为他实在太想和海半仙喝一杯了。

小欢拿着软软的毛巾，抿抿嘴，低着头不说话，一旁的田小七羡慕地喊道："小欢，新毛巾，叔叔对你可真好！"

乌云突然从地上站起来，摇摇尾巴，仿佛也在表扬江枫送新年礼物给小欢。

江枫知道自己恐怕又做了一件坏事，慌乱中扯谎道这是他从杭州带来的一块毛巾，一直塞在包裹的最下面没在意，今天搬家时看到了，正好给小欢当新年礼物！小欢这才欢天喜地地把毛巾一剪为二，分给田小七半块，田小七激动得泪花闪闪，看得江枫心头发酸。

江枫把酒壶递给藤椅上的海半仙。海半仙苍白的瘦脸上好像有了一点血色。

江枫忽然很担心自己的心，这些日子以来不是心痛就是心酸，他苦笑了一下，想着找到安娜以后，他一定要躲起来疗伤。

让江枫没想到的是小欢竟然给大家都准备了新年礼物，她从右侧口袋里拿出一个叠得四四方方的牛皮纸包，得意地说道："我请大家吃花生。"

江枫这才发现小欢的五根手指头冻得特别红，急忙问花生哪里来的。

"下午小欢拉着我帮弄堂里周阿姨家擦玻璃窗，周阿姨给的。周阿姨生了孩子刚满月，不能碰冷水，她还给了不少骨头，说给乌云吃。"田小七抢着答道。

炒花生的油已经透了牛皮纸，形成一个又一个圆圆的光圈。小欢清清楚楚地数了两遍，确定有二十颗花生，她看着大家，似乎在征求大家的意见，又似乎已经有了主意，说道："二十颗花生，海爷吃四颗，我们每人吃两颗。"

"还有十颗明天吃吗？"田小七着急地问道，花生的油香仿佛已经溢满嘴角。

"不！"小欢摇摇头，对江枫说道，"房东大妈妈一个人过年好可怜，明天一早，我们去给她拜年，把十颗花生带给她当新年礼物。"

江枫一直没有说话，他把头仰得老高，闭眼睁眼之间感觉有液体倒流，他猛地咳嗽几声，用双手搓搓紧绷的脸，深深地看着小欢说："好！"

田小七烧了一锅开水，江枫把董太太给的包子热了热，他们用炒花生和包子，还有一壶酒庆贺新年。田小七偷喝了一口酒，呛得喉咙像被捅了个大窟窿，满屋子手舞足蹈地乱跳，惹得江枫和小欢哈哈大笑。乌云跟着田小七汪汪直叫，它一定以为小主人是在表演节目。喝了酒的海半仙像是服下了还魂丹，睁开了细长的眼，看着猴子一般乱窜的田小七，急红了脸喊道："快去喝水，喉咙要烧坏掉的……"

小欢在大家不注意的时候，把手心里的一颗花生和半个肉包子塞进了乌云的嘴里，她拍了拍乌云的脑袋，示意它别出声，自己却轻声说道："乌云可比两年前瘦多了。"

吃完的时候，窗外又是一场雪，小欢和田小七在比谁认识的字多。他们每说一个字，乌云就汪地叫一声，小欢想乌云一定也识字了，于是她摸摸乌云的毛脑袋，笑嘻嘻地对它说道："乌云，你比田小雀聪明。"她总是在和田小七不对付的时候叫他田小雀，这样，在运河边追逐打闹的情景就会浮现到眼前，让人畅快不少。

江枫将已不胜酒力的海半仙背回了房间。

田小七开心地唱起歌来，石库门里已经长久不飘荡着歌声了。小欢也情不自禁地跟着田小七一起开口，可只唱了一句"我的小手，我的小手，像太阳"，双眼就蒙上了一层雨雾。小欢安静下来，搓了搓发酸的鼻子，微笑地看着田小七，不想打扰他的快乐。

江枫又独自坐下喝了几杯，他打心眼里觉得酒真是个好东西，滋润了他干枯的喉咙，熨平了他忐忑的内心，但他又知道一切都只是暂时的，明早太阳升起，所有的烦恼又会像日光一样，无孔不入。江枫看着欢闹的田小七和安静的小欢，望着飘舞的雪花想：安娜，你会在哪里？

喝完酒的江枫将一根捡来的木棍削了削，磨了磨，他让田小七拿去放在海半仙的床头，田小七兴奋地喊道："叔叔真仔细，爷爷是该有根拐杖了！"

屋子被炭火烘得暖暖的，江枫着手整理屋子，小欢倚在门框上说："下午你出去的时候，我不仅拉着小七给周阿姨擦玻璃，还把家里整理了一遍，厨房的角落里有三大袋木炭，这个冬天我们不会挨冻了。"

江枫弓着背扫地，但他笑出了声，江枫觉得今天应该多笑一笑，因为今天过年。

小欢见江枫不说话，轻轻地问了句："叔叔，你要整理几间屋子？"

江枫手里的扫帚停了停，直起腰看着朦胧灯光下的小欢，他知道小欢不敢一个人睡，但又不好意思开口，于是故作调皮地说道："怎么，不想跟我一个房间啦？你不跟我一个房间，半夜谁起来添炭火，谁帮我盖被子呢？"

小欢扑哧笑出了声，原来江枫都知道呀！

"我看见堂屋角落里有张竹榻，待会儿我搬三张长凳进来，再让小七帮我把竹榻搬进来架在上面，那我也不用睡在地上了。"

"我去找小七。"小欢听完江枫的安排，转身就跑了，一边跑一边喊，"田小雀，田小雀……"

江枫看着小欢跳跃的背影，看着她飘舞的左袖，又笑了笑，他再次告诉自己今天要多笑笑，因为今天过年。

小欢帮海半仙和田小七的屋子加了炭火，还给睡在他们屋子中间的乌云的身子下面铺了一层厚厚的稻草。回来的时候江枫已经帮她倒好了洗脸水，小欢很开心地跳进门槛对江枫说道："海爷睡着了。"江枫转过身看着小欢，小欢连蹦带跳地又说道："田小七说海爷已经好长时间晚上睡不着觉了，现在他终于睡着了，我还听到他打呼噜了呢！"

昏暗的灯光下，暖和的炭火旁，喝了酒的江枫脸上像镀上了一层金光，他听着小欢欢快的声音一直在笑，把新的半块毛巾浸在热水里，招呼小欢快来洗脸。

小欢立在洗脸盆前，忽然一片雪花从窗前飘落，白亮亮的，像新年的精灵从天而降。

"又下雪了。"面色红润的江枫收起笑脸，淡淡地说道，他深邃的目光随着轻舞的雪花飞旋。

"你还记得我妈妈走之前留给你一个'翠鸟'的代号吗？她说如果她不来接我，会有一个叫'首长'的人来接我。你们都有代号，那我也得有！"小欢看看窗外一片又一片轻盈旋转的雪花，又看看一旁默然的江枫。

江枫拧着热乎乎的毛巾，看着小欢红扑扑的笑脸，想起了富义仓小院里的石榴："那就叫你'石榴'吧！"

"石榴？"小欢欣喜地接过江枫拧干的半块新毛巾，明亮的眸子里闪过一道光。

瞌睡虫从小欢的嘴里钻出来，她又念了两遍"石榴"，想把这两个字刻进心里。睡前她又翻开小小的本子，告诉妈妈，她也有了代号，是江枫叔叔给她取的，叫作"石榴"！

夜深了，江枫起来给小欢掖被角，听着她均匀的呼吸声，看着她泛红的小脸，觉得她弯弯的嘴唇真像一弯忧愁的月牙。江枫又在心里问了一遍："安娜，你到底在哪里？你的女儿可吃尽了苦头。"

江枫拨旺了屋子里的炭火，坐下来开始写一封信，这封信要寄给他在杭州富义仓的邻居，他告诉邻居如果安娜回了杭州就告诉她，他和小欢在上海海半仙的家里等她。江枫反复看了三遍他留的地址，确保无误以后才把信纸塞进了信封。可江枫不敢确保在这动荡的岁月里，信件是否还能准确无误地送到杭州，因为住在董太太家时，他已经给杭州的邻居写过三封告知地址的信，可都石沉大海，没有回音。

　　江枫粘好信封，窗外的雪停了，他立在窗前看着像罩着一件雪貂大袄似的地面，浑身不由得打了个激灵，于是他提醒自己快去睡吧，明天一早还要带着小欢去给董太太拜年。

8

　　新年第三天，江枫和田小七一早就去城隍庙了，听说有人要在城隍庙施粥三天。

　　小欢也起床了，熟练地扎好头发，打水洗脸的时候听到堂屋里传来海半仙熟悉的说书声："老夫聊发少年狂，左牵黄，右擎苍……"她还听到乌云响亮的叫声，小欢赶紧打开房门，看见海半仙拄着拐杖颤颤巍巍地站在堂屋的中间，那个在海半仙茶楼说书的意气风发的海半仙似乎回来了。突然沧桑激扬的声音停了，小欢在等待海爷拍下能响彻大运河的惊堂木，可是等来的却是海爷嘴里的一声："啪！"她不知道，在海半仙被要求给日本人说书时，他就将手里那块惊堂木扔在了杭州宪兵队独眼少佐的身前。

　　这时，初阳升起，照得堂屋前的雪地一片闪亮。

小欢在堂屋前走来走去，踮着脚尖，伸长脖子往外瞅，可还是不见江枫和田小七回来。

"着急就去看看，乌云认识城隍庙，让它带你去。"海半仙的话一说出口就后悔了，可不等他收回，小欢就披上那件别着妈妈头像的棉外套，箭一般地射了出去。她满心想着城隍庙施粥一定人多，说不定能遇上妈妈，或者遇上见过妈妈的人。小欢冲海半仙喊道："海爷，你在家等着，我去找找他们，乌云不用跟着我，我认得路。"可是乌云哪里肯不跟着，于是秋风渡弄堂里跑出一个飘着左袖的小姑娘和一条轻盈矫健的牧羊犬。

海半仙正襟危坐在藤椅里，一颗千疮百孔的心再一次提到嗓子眼，他的脑海里满是儿子媳妇被害时的模样，他默默祈祷：江枫和田小七，以及刚刚跑去的小欢都能从动荡的上海滩平安归来。

城隍庙前人山人海，小欢想这里恐怕聚集了整个上海滩的难民。她不敢往人群里挤，因为身边还跟着乌云，乌云要是被挤了，一定会狂躁起来，后果不堪设想。小欢想：江枫和田小七肯定被困在人群里出不来了，她踮起脚尖，伸长脖子，一双满是期盼的透亮的眼睛扫过一张张灰蒙蒙的脸，越来越焦急，越来越揪心……

踮着脚尖的小欢摇摇晃晃像个不倒翁。忽然，乌云一阵狂吠，拉回了她焦虑的眼神，几步远外，只见乌云正对着两条瘦骨嶙峋的饿狗狂吠，而两条饿狗正虎视眈眈地将一个浑身颤抖的少年逼到墙角，仿佛下一秒就要如狼一般扑上去。小欢见状赶紧上前，她刚迈出一步，眼前就像闪过一道雷电：乌云一个起跳，速战速决地朝其中一条饿狗的脑袋咬去，另一条饿狗朝乌云扑来，乌云一个转身避开。

小欢绕开乌云和两条狗的战场，跑到吓得瑟瑟发抖的男孩身边，拍拍他的背安慰道："别怕！"

几个回合下来，乌云咬在口里的狗被拖得筋疲力尽，只听它哼唧哼唧地呻吟着，该是在讨饶了。另一条狗也自知不是乌云的对手，开始还狂叫不停，现在夹着尾巴站在三步远外，发出低沉的呜呜声，仿佛在祈求乌云放了它的同伴。

小欢叫了一声乌云，乌云松开了口，那条狗夹紧尾巴，拖着无力的四肢，它的同伴跟在它的身后，一起消失在街道的转角处。高扬着尾巴的乌云冲过去，冲着街道一侧悠长的弄堂又是一阵狂吠。雪地里一长串艳红的血花惊得小欢面红耳赤，连呼吸都急促起来，瘆人的血花令小欢模糊的双眼看到了在杭州上空投下的炸弹，血与火，撕裂和轰鸣，一股脑儿涌在她眼前。

"你没事吧？"被乌云救下的男孩看着不停地打寒战的小欢，关切地问道。

"汪！"乌云也冲小欢叫道。

"小欢！是小欢和乌云！"拿着空碗的田小七对身旁捧着一大碗热粥的江枫兴奋地喊道，江枫好像很害怕田小七撞上他，将碗举得高高的。

小欢缓过神来，由红转白的脸色像是害了一场大病。

"小欢，你怎么了？"看着神色不对的小欢，江枫和田小七异口同声地问道，他们又同时看到了站在一旁的陌生男孩。

"是不是你欺负小欢？"冲动的田小七把手里的空碗往雪地里一扔，抓起男孩的衣领就要朝他抡拳头。一年多的乞讨生活把田小七打磨得皮糙肉厚，一言不合便拳头迎上。在物资贫乏、难民众多的上海滩，如果不用拳头把自己武装得嚣张一点，恐怕连乞讨的资格都没有。

"不不不！他没有欺负我。"小欢皱着眉头连连摇头，她拽开了田小七的手，"是有两条狗在追他，乌云救了他。"

田小七看看神气的乌云，又看看一地血花，明白了一切，也跟着得意起来。田小七眼尖，瞅见一旁站着的男孩穿着很气派，他脚上那双棕色的牛皮皮鞋是新新百货大楼橱窗里的最新式样，要三十五块钱一双。田小七黑溜溜的眼珠子一转，说道："喂，我的乌云救了你，你得谢谢我们！"

"小七！"江枫提高了嗓门喊他。

田小七耸耸肩，一缩脖子，知道自己说错了话，后退几步，不再言语。

男孩给大家鞠了一躬，说："谢谢你们，也谢谢乌云。"他朝乌云笑了笑。

"你怎么会被两条狗追的?"田小七还是忍不住不说话。

不等男孩开口,小欢指指他手里的装着生煎包子的牛皮纸袋说:"估计那两条狗是闻到香味了,想吃你袋子里的包子。"

男孩这才恍然大悟,看着小欢说:"刚才被狗追时,我都忘记手里有包子了。"说着,他轻轻地把纸袋放在地上,乌云立马上前,看得一旁的田小七直咽口水,嘴里叽里咕噜地嘀咕着:"应该再去买三袋请我们吃。"

"你是谁家的孩子?需要我们送你回家吗?"江枫又问道。

男孩又朝江枫鞠躬,说完谢谢之后,他介绍说自己叫大岛一田,他的父亲是大岛德川,是一家纺织厂的老板。在城隍庙施粥三天的正是他们家,父亲一早就亲自过来了,所以他也来看看,在街边买了包子,没想到被两只狗缠上了。

田小七顿时涨红了脸,怒气冲冲地踹了乌云两脚,吼道:"谁让你救日本人的!"

"你踢乌云干吗?"小欢看着委屈得呜呜直叫的乌云,瞪着田小七,气得发抖。

"我踢我自己的狗!"田小七冲小欢喊道,他在责怪小欢不该让乌云救下一个日本孩子!田小七用一对透着杀气的眼珠子剜了一眼大岛一田,发了疯一样地跑走了。乌云也紧紧跟上。

"小七回来！"江枫一声大喊，惊得胸脯起伏，碗里的粥荡出来一点挂在碗沿上，他赶紧用手指把粥给刮进碗里。

"我回家！"田小七扭过头朝江枫喊道。

"汪！"乌云也说，我跟小七一起回去了。

一脸尴尬的大岛一田对着江枫和小欢一个劲地说对不起。

江枫并没有搭理大岛一田，只是淡淡说："走吧小欢，回家，把这粥再熬一熬，给你和海爷喝。"

小欢看了一眼大岛一田，捡起被田小七扔在雪地里的空碗，跟上了江枫的脚步。

平静下来的大岛一田这才看到小欢别在身后的寻母图，他喊道："我记住你了，小欢，我有机会一定会谢谢你们的！"

江枫对小欢说："别回头，往前走！"

"叔叔，小七为什么要对一个陌生人发这么大的脾气？"小欢皱着眉头问道。

"因为他是日本人！小七一定想到了他惨死的爸爸和妈妈了。"江枫面无表情地答道。

"我的手臂也是日本飞机炸飞的，可是我觉得……人和人是不一样的，海爷的戏文里不是也说过，中国人里面也是有大坏蛋、大奸臣的嘛！"小欢仰着脖子看着江枫削瘦的下巴，突然，肚子发出一串咕噜噜的响声，小欢咽了下口水，同时吞下的还有她的难过。眼前的这个人曾经在出门前连头发都要一根一根地打理，可是现在为了她，他长满胡茬的下巴像葱茏的青苔。三年来，江枫仿佛老了十岁。小欢突然很怀念江枫以前带着她在杭州城跑来跑去时，那些嬉皮笑脸的样子，她是有多久没见过那样的笑脸了呀。

江枫没有答话，他一步一步走得很慢，仿佛走在一条钢丝绳上，他害怕碗里的粥会因为步子快了而荡出来。

"日本人一定也有好人的，这个大岛一田的爸爸不就在城隍庙施粥三天嘛，这得要好多好多粮食了。"小欢又说道。

江枫想说，也许这是日本军方故意让一个日本商人出面笼络民心的手段，但他还是把这话和着口水咽回肚子里去了。他不想破坏小欢对人性美的理解，哪怕她经历了可怕的遭遇，可是今后的路还很漫长，他希望小欢的心灵一直保有这份美好，所以小欢这样的见解让他很开心。他在心里默念："安娜，至少你的女儿心灵还是健全的！"于是江枫轻轻地"嗯"了一声，说道："小欢，你能这么看待问题真的很好！"

江枫将冷粥倒进锅里，又掺了水，一碗粥变成了两碗粥，他递给小欢一碗，还有一碗亲手送进海半仙的屋子里。小欢冲着江枫的背影喊："你呢？你吃什么？"

"粥盛得太满，在粥铺前我已经喝掉半碗了。"江枫头也没回地答道。

小欢右手端着粥碗，走到院子里找田小七，她笑嘻嘻地喊道："田小雀，田小雀，来喝粥，我们一人一半。"

"哼！我再也不会去喝日本人的粥了！"田小七怒气冲冲地说道。

原来江枫担心田小七端不住手里的粥碗，所以早就让他喝进肚子里了。小欢这才知道田小七的碗为什么会空着。

小欢心头一紧，问道："那叔叔喝了粥吗？"

"他说回来煮了跟你们一起喝。"田小七摸摸身旁的乌云，一脸心疼的样子。

小欢仰着脖子一口气把碗里稀薄的粥喝了，她拉起田小七，大声地说："走，买包子去！"

"哪有钱买包子？"

"我有钱。"小欢摸着缝在内衣口袋里的董太太给她的十块钱，决定给大家买一顿包子，再给江枫和海爷买一壶酒。她还决定吃完包子以后去找隔壁的周阿姨，过年前给周阿姨擦玻璃的时候，周阿姨说给她家洗衣服的人回乡下去了，现在多了孩子，每天那么多尿布，得赶紧找个人帮忙洗衣服、洗尿布。小欢觉得她可以每天起早给周阿姨一家洗衣服，然后再去街上找妈妈。

可是小欢想给周阿姨家帮工的想法遭到了江枫强烈的反对，一度试图说服江枫的小欢看到他额头上暴出的青筋，像一条条埋伏在波涛汹涌的大海下的蛟龙，小欢知道江枫是真的生气了，便不敢再提这件事。

第三章　移动的包厢

正月里的头几日天天都见阳光，可是屋顶上、院子里还有道路上的雪就是不见化，海半仙自言自语地说："还要下，这叫雪等雪。"这几日海半仙的神志更清明了些，但他总定定地看着小欢空空的左袖管，嘴里念念有词。小欢听不清他在念什么，但总觉得海半仙的表情很凶，甚至有些狰狞，小欢都不敢靠近他了。

那天吃过晚饭后，小欢把身上剩下的八元七毛钱全部交给了江枫，江枫迟疑了一下还是接下了，因为他身上只剩下两块钱了，这些钱必须拿去买米，现在的米行一天一个价，噌噌往上涨。江枫突然意识到小欢想要去给人洗衣服是对的，必须得有工作才能继续生活下去，可是小欢是不能去工作的，那么这个在风雨飘摇中组成的家里，唯一能工作的就只有自己了。江枫想了很久，自己除了会喝酒、会听书、会做几个菜，另外好像就什么也不会了。

第二天，江枫带着小欢上街找安娜的时候不由自主地走到了之前租住过的东升旅馆，问掌柜后厨需不需要人手。掌柜笑着摇摇头，他说："江先生啊，这年头我辞人还来不及，哪里还请得起人。"

江枫点点头，似乎很理解掌柜的难处，牵着小欢转身离开。路过阿四馄饨摊，正跷着二郎腿无生意的阿四朝他们打招呼："哎，独臂小欢，是你们啊，来碗热馄饨?"

小欢面对这样的招呼低下了头，江枫捏紧了小欢的右手，轻声说道："把头抬起来。"于是，阿四馄饨摊前就走过了昂首挺胸的江枫和小欢。

"呸，装什么装，穷鬼!"没被理睬的阿四朝地上吐了口唾沫骂道。

"叔叔，我们去石巷弄的大妈妈家吧，她会留我们吃午饭的，还可以带些回去给小七和海爷。"小欢扯扯江枫的大手，仰头说道。

江枫蹲下身子和小欢一般高，他张开泛白的嘴唇说道："现在谁家的粮食都紧张，谁家的日子都不好过，董太太又只是一个女人家，她的日子肯定更不好过，我们不能再去麻烦她了。"

小欢看着江枫一张一合的嘴唇上翘起的干皮、裂开的小口、沁出的血珠，举起背在右肩上的铁皮水壶，心疼地说道："叔叔，快喝水。"

铁皮水壶是田小七上学时用的，早被他扔在了床底下，新年的时候小欢帮海爷打扫房间，从床底下扫了出来，小欢欣喜地拿在手里，一直念叨："以后出门找妈妈的时候就用它灌上水，我和叔叔都不用四处讨水喝了。"

快要中午的时候，江枫和小欢走到了公共租界。那时，小欢跑在前面，忽然两个男人拦住了她，要看安娜的头像。他们说话的声音很响，让不远处的江枫觉得他们像是在吵架。江枫快步走过去，听到的竟是他多年未曾耳闻的家乡话。江枫赶紧迎了上去，用家乡话问道："你们两个也是江山人？"

他们就怔住了，反问道："你也是江山人？"

然后，他们三人就笑开了。因为这问题很傻，说江山话的哪能不是江山人？

小欢见江枫难得笑得那么开心，便拉拉江枫的衣角，问："叔叔，你刚才说的不是杭州话啊！你还会说其他地方的话呀？"

"我是十二岁那年才和母亲一起从浙西搬去杭州的。富义仓的那座大宅，是我外公留下的。后来，我母亲也走了，我就一个人住在那座大宅子里。"江枫跟小欢解释道，也笑着看看他的两位同乡。在天寒地冻、时局紧张的外地，能遇到家乡人总是让人高兴的。

小欢看着三个大男人笑嘻嘻地又叽里咕噜地说了一大

堆，还用手比画着，实在好奇，就满脸迷惑地喊道："你们说的话我一句也听不懂。"

江枫摸摸小欢的脑袋，大家笑成一片春风。

江枫的两位老乡是一对亲兄弟，哥哥叫大毛，弟弟叫二毛。他们很好客，一定要请江枫和小欢去吃牛排，小欢说："我们可以去吃骨头煲吗？我家里的乌云已经好久没吃骨头了。"

江枫赶紧解释道，家里还有一个老人和一个小孩，以及一条牧羊犬。大毛又看了一眼小欢背上她妈妈的画像，拍拍她的背说："好样的！"然后蹲下来，对着小欢眨了下眼，调皮地说道，"叔叔先带你去吃牛排，之后再买些肉让你带回去。"

"真的呀！"小欢一脸璀璨地喊道，"谢谢叔叔！"

大毛领着大家阔气地走进了一家咖啡馆。小欢第一次吃到了牛排，这已经是江枫不敢想象的奢侈了。

三个大人继续用江山话交谈。

大毛问："你们什么时候来的上海？"

"快三年了。"

二毛问："小欢叫你叔叔，你是她爸爸的弟弟？"

"不是，我是他们的房东。一九三七年她妈妈来上海前把孩子托给我，可是我却让她在运河边被日本人的飞机炸掉了一只手臂。她妈妈一直没回来，我就带她来上海找妈妈了，日子一晃快三年了。"江枫说完这番话，把手中的酒一饮而尽，他似乎故意把脖子仰得老高，防止眼泪在老乡的面前掉下来。

"现在的上海，找一个人比找黄浦江里的一滴水还难。"大毛这么说的时候瞥了一眼正低头吃牛排的小欢，又问道，"你知道这孩子的妈妈是干什么的吗？"

江枫从大毛的话里听出了弦外之音，但是他摇摇头，笑着说："一个女人能干什么？"

"刚才在路边我和我哥就在争论这头像上写着的寻母启事是不是几年前我们在报上见过的'小欢寻母'，那则寻母启事好像在《大美晚报》上登了两期。"二毛看着江枫。

江枫点点头，夸道："老乡好记性。"

"她被76号的毕忠良给抓了，半年前共党的那次刺杀行动，我们就在附近。"大毛的眼神一直在周围游荡，他从喉管里哼出了这句话，但每一个字都像尖针一般，扎得江枫心疼。小欢也像有感应似的抬起头来，她听不太懂叔叔们在说什么，可她看得懂江枫凝重的眼神、苍白的脸色，肯定是听到了什么不好的消息，小欢实在不敢把这些往妈妈身上想。

江枫的双拳捏得咯咯作响，他没再接大毛的话，因为小欢已经起了疑心。江枫早就听说76号是人间地狱，是个只进不出的魔窟，满脑子都想着不管是真是假都不能让小欢知道。他逼着自己笑起来，笑着问小欢："你怎么不吃了？"

小欢摇摇头，说要留一半带回家。大毛、二毛对小欢说，喜欢吃的话再点一份带回家，让她尽管吃完餐盘里的，可是小欢说什么也不吃了。江枫知道她是想把牛排带回家给海爷和田小七尝尝，于是谢过两位老乡的好意，说孩子胃口小。

二毛叫服务生给小欢端来一杯果汁的时候，大毛和江枫先后去了洗手间。江枫无意中看到大毛撩起的衣角，腰间突露出一块乌黑锃亮的铁，他知道那是一把枪。

江枫用家乡话问大毛："你们从重庆来？"

大毛抖了抖身子，整理了身上的西服，打开水龙头，让白花花的水浇在他粗壮的手指头上，双手似乎一瞬间就变得白嫩起来。江枫想，大毛的手跟我的手差不多嘛，怎么他的手就可以拿枪呢？

大毛点点头。

"你们能救救安娜吗？"

大毛甩甩手上的水珠，摇摇头回答道："救人不行。汉奸我们是一定会杀的！"

告别的时候，大毛和二毛要了江枫和小欢的地址，说改天一定去海半仙家坐坐。

江枫走在回家的路上，脚步声轻得像一片树叶，可是他的心却重得像一块铁砣。他想象着安娜在76号所受的一切折磨时，脊背像被泼上冰水一样颤抖起来，但幸好，四周的寒冷帮助他掩盖了内心的恐惧。

突然，小欢舔舔嘴唇对江枫说道："叔叔，你真了不起！你在杭州家里做的肉片比刚才那个高级的地方吃的牛排还要香。"

　　江枫回过神来，迟疑地嗯了一声。

　　"你真的应该去当大厨！"小欢看着江枫认真地说道。

　　事实上，江枫和小欢刚到上海时登的寻人启事还是起到了作用的，不仅被大毛、二毛看到，让江枫辗转得知安娜身在何处，而且安娜也看到了。

　　安娜被抓后的一天清晨，76号的一名小特务拿起门房的一张旧报纸包油条，正吃到一半的时候，送饭的老张头路过闪了腰，那名特务就替老张头去送了饭。寻人启事上李小欢三个字从油光光的报纸上映入安娜的双眼。那是她第一次主动跟76号的特务说话，她说她好久都没有吃油条了，能把吃剩的半根油条送她吗？连同这张报纸一起，以后没有油腥的时候，闻闻味道也好。特务贼贼地笑了，讥笑道："谁说共产党是硬骨头？几天不吃荤油都受不了，那你还死扛什么，赶紧跟我们合作，吃的喝的穿的什么都有了。"满脸是血的安娜就那么瞪着眼睛看着他，看得特务毛骨悚然，把半根油条和包着油条的报纸一同扔在安娜的脸上。其实安娜并不是看他，而是担心特务不会把报纸给她，她要尽可能仔细地看捏在特务手里的报纸上有关她的那条寻人启事。

　　安娜心乱如麻地看着寻母启事上的小手掌，又颤抖地看着报纸上的时间。她和女儿分离整整两年了。安娜到上海之后，组织遭到了敌人的严重破坏，身受重伤的她被送往延安，离开上海前，安娜交给"首长"一封给小欢的信、一把口琴和一把富义仓的钥匙。等到冲破重重阻碍，"首长"奔赴杭州接小欢时，看到的只有小欢和江枫留下的信件。当"首长"历经险阻赶回上海时，又与小欢登报寻母的两次启事失之交臂了。"首长"与上级组织取得联系、汇报情况后，得到的命令是在上海潜伏下来，重新组建地下党的秘密联络站以及探访小欢的消息。考虑到安娜的伤势，传到延安的消息是："首长"已接到小欢，由上海一孤儿院收养，请她安心养伤。一年多后，安娜请求回上海执行任务，组织上知道她思女心切，苦于一直没有小欢的消息，于是打算在安娜完成这次任务之后告知她关于小欢的真实情况。不料，安娜被捕。

"天哪！到底发生了什么？"安娜跟小欢说过，小手掌是她们之间的秘密。安娜在心里哼起和女儿一起创作的儿歌，她确定报上的李小欢就是她的小欢。"可是小欢登报的日子远远早于'首长'去接她的日子。这中间到底发生了什么？"安娜实在不敢再往下想，但在祈求小欢平安的同时，安娜绝没有想过背叛党来成全她们母女的团聚。

　　江枫觉得救安娜无望，但又不能告诉小欢安娜在 76 号去伤她的心，就想带着小欢、海爷和小七回杭州，独自抚养小欢成人。可是小欢不愿意，她说觉得妈妈就在上海，再找找吧，于是江枫沉重地点了点头。

　　小欢和田小七瞒着江枫接下了给弄堂里的周阿姨洗尿布的工作，江枫瞒着小欢和小七找了份码头扛包的零工。

　　那天天刚亮，江枫从嘎吱作响的竹榻上爬起来，用不容商量的口气对小欢说："我们得加大找你妈妈的力度，所以从今天开始我们分成两队，你和小七带着乌云上街，我一个人上街。"

　　"好！"小欢的干脆让江枫很是意外，江枫不知道，小欢正愁怎么解释以后的每天上午她都要和小七一同出去呢。

　　江枫每天回家时都佝偻着背，像是背着一座大山。每隔三天，江枫会背回一小袋粮食。小欢和小七也从周阿姨家得到一些粮食作为报酬。此外，小欢还发现秋风渡附近的菜场能捡到菜叶，所以每天洗完尿布，她都着急忙慌地拉着小七去菜场捡菜叶。于是，双方开始编造各种食物的来源，心中都有疑问，可又默契地谁也不多问。

　　天渐暖，半个月后的一天清早，当江枫跨出堂屋的门槛时，海半仙对着他的背影说道："江枫，你还是回杭州吧，你会把自己拖垮的。"

江枫一愣，停住了脚步，他没有回头，答道："我知道。"

那天下午小欢和小七又带着安娜的画像走上街头，当他们走到十六铺码头时，清晰地看见被两个硕大的麻袋压得举步维艰的江枫。

"是叔叔！"小七指着远处的江枫惊讶地喊道。

"江疯子！"小欢的声音撕心裂肺。

"汪！"乌云也响亮地叫了一声。

他们的叫声似乎汇集成了一股强有力的风，朝江枫扑去，他一个趔趄，被压在重叠的麻袋下。码头上的工人迅速聚拢过来，小欢和小七疯了一般地朝人群跑去，身后跟着的乌云汪汪叫个不停。

小欢跪在地上，将昏迷不醒的江枫抱在怀里，晶莹的眼泪像成串的珠子："伯伯，叔叔，你们救救我叔叔呀！你们救救他呀……"小欢哀求着周围一圈木讷的人。

"你们管事的呢？求你们帮忙把我叔叔送去医院吧……"小七跳跃的眼神扫过每一张面孔。

"都不用干活啦？都滚开！"聚拢的人听到声音，迅速为一个留着小胡子的平头男人让开了宽敞的道。

"你是管事的人，你帮我们把我叔叔送去医院吧！"小七一把扯住小胡子的衣角。

小胡子一脚踹开田小七，骂道："小赤佬，滚开！"又瞪了一眼四周骂道，"还不去干活，今天的工钱都不想要了?"

木讷的面孔们四散而开。

小胡子扔了一张纸币在江枫身上，仰着脖子说道："这是他今天的工钱，明天不用来了。"

"我叔叔现在昏过去了，求求您送他去医院吧!"小欢擦着眼泪哀求道。

小胡子根本不听，转身要走。田小七嗖地站起来，指着小胡子的背吼道："你站住!"

"汪!"忠诚的乌云随时等待主人的命令。

小胡子果真转过身来，斜着嘴角，哈哈大笑道："小赤佬，你找死啊!"

"小七!"躺在小欢怀里的江枫猛烈地咳嗽一声，清醒过来，捂着胸口，晃悠悠地站起来，给小胡子鞠了一躬，说道，"对不起，工头，小孩子不懂事，您大人不记小人过。"

"哼!"小胡子瞪着江枫，"算你识相!"又阴着脸冲田小七骂道，"小赤佬，马上滚出老子的地盘!"

小欢和田小七一左一右地搀扶着江枫回到家时，街道上已经掌灯了，门口停着一辆黄包车，在灯光下乌黑锃亮。田小七大跨步上前，摸了一把黄包车，嘴巴里发出哦哟哟的声音，又探头往大门内瞧去。海半仙正在堂屋里招待客人，幽暗的灯光下只看到堂屋里坐着三个人，一个是海半仙，另两个就看不清了。

小欢跟着田小七的脚步跨进堂屋，见到正朝她笑的两张熟悉的面孔，喊出了"大毛叔叔""二毛叔叔"。这时，江枫疲惫的双眼瞬间瞪得老大，他以为家里的来客一定是海半仙的旧友老亲，却不承想在街头偶遇的老乡真的会来看望他们。

大毛、二毛见江枫如此狼狈，很是惊讶，问清缘由后，二毛一拍大腿吼道："欺人太甚，要是在重庆我一定打得他满地找牙！"大毛则冷静地拍拍江枫的肩说："兄弟，你肩上的担子，正是现在中国四万万同胞肩上的担子！"

"大毛叔叔，你快别再说我叔叔肩上有担子了，你快劝劝他别去码头扛包了，他干不了那个。"小欢拉着大毛的西装衣角嚷嚷着。

"你们两个孩子都瞒着我在偷偷干活，我怎么可以在家里等着吃！"江枫又是一阵猛烈的咳嗽，他这几天在码头染上了风寒，浑身酸痛，所以今天才会一时晕眩，昏倒在地，一下子加重了病情。原来，他早就知道小欢拉着田小七在给周阿姨帮工，只不过他也不敢说，生怕阻拦了他们干活之后，小欢和小七就要跟着他，那么，他在码头扛活的事情就瞒不住了。

正尴尬呢，只听海半仙叹道："不是父女，胜似父女。"

小欢扑在江枫怀里，哭化了江枫的心。他摸摸小欢散了的长发，又摸摸小欢长了冻疮肿得跟萝卜似的手指，柔声细语地说道："叔叔答应你，叔叔不去了，你也不能去了，叔叔一定会找到另外的工作的。"

二毛想上前说些什么，被大毛拦下了，示意他别去打扰他们的"父女情"。

走时，大毛掏出一把钞票塞进江枫的手里，说："这钱是给两个孩子的，买两双鞋，买点吃的给孩子解解馋。"

二毛指指门口的黄包车，说："去街上拉点生意，赚点营生。"又凑近了江枫的耳朵，"白天随便拉客，晚上八点以后到百乐门舞厅门口等我们，若是等不到，就当休息，车钱照给，一月一结。"

一直走到秋风渡巷口的那盏路灯下，江枫才停住了送行的脚步。大毛好像很喜欢拍人的肩膀，这时，他又拍拍江枫的肩膀说道："我听说你们杭州灵隐寺的大佛很灵验，诚实人，天不欺，说不定佛祖会保佑你们要找的人。"

3

此后的半个月里，黄包车夫江枫时常会想起大毛的这句话，心里一直充满期望。天气放晴时，他和小欢必定出现在街头，小欢的身后照样用别针别着妈妈的头像。田小七和乌云也跟着跑。

　　海半仙的腿脚已经很灵活了，只是他哀思成疾，原本炯炯有神的双眼在一个冬天后肿得跟烂桃子一样，他还调侃道，大概是老天爷怕他来不及看够这个世界，所以补偿他看什么都有好几重影。

　　上海很大，街道很宽，黄包车夫江枫生意很好。乘客坐上了车，说了目的地，便有一个男孩和一条牧羊犬在车前奔跑，就像急先锋开道一般，车后跟着跑的小姑娘则像忠诚的卫兵。这样的待遇让人备感稀奇，不少人慕名而

来，得知小欢寻母的事情后，还会多留下一点车钱。

有时候好心的顾客会拉着小欢坐在身边，可是小欢都不愿意，她抬起脚上的那双新鞋，说："没事，我能赶上，我喜欢跑步。"

事实上，江枫后来听田小七说，小欢之所以不肯坐车，是因为要是碰到难走的路，她可以在后面帮江枫推一把。一辆黄包车，田小七和乌云在前面跑，江枫载着客人紧紧跟着，小欢在后面赶。顾客下车付钱时，小欢的身影

也差不多出现在江枫的视线里。

生意清淡的时候，三人一狗就坐在街边数一辆辆经过的汽车。江枫数大的，像日本人的卡车、冒着浓烟的公共汽车；小欢则数那些趴在地上奔跑的小汽车；田小七数穿梭在人群和汽车之间的自行车，他每数一辆，乌云也跟着汪地叫一声。后来，他们又细数身前经过的人群。江枫数男人，小欢数女人，田小七数小孩。江枫和田小七都是要偷懒的，但小欢却很仔细，最多的一次，她一直数到了八百。

"眼睛好酸。"小欢说。

这样数着数着，小欢就睡着了。江枫将她抱上黄包车的座椅。

后来，他又让小欢和田小七去寻找街道招牌上那些不认识的汉字。令江枫惊喜的是，小欢有一天竟然能念出一个非常困难的路牌名。那条路叫虞洽卿路。

傍晚，他们回到家，大多数时候海半仙已经熬好了粥，就等江枫炒个菜，菜还是他们路过菜场时捡来的。匆匆吃完，江枫会坐在堂屋的门槛前抽一口用黄纸卷起来的劣质纸烟，算是歇歇脚。他抽两口就被呛得不行，可第二天还是抽。海半仙坐在堂屋里看着江枫麻虾一样拱起的背，喉管里像喝下了黄连熬的水。江枫哪还有一点点潇洒公子的模样，他拱起的背已经贴上了苦难的标签。

江枫歇完脚，小欢和小七也刷完了碗，他吩咐两个孩子照顾海爷早点睡，他要去百乐门舞厅门口等大毛和二毛。江枫发现他拉的车是大毛和二毛秘密谈话的移动包厢，这让他很激动。大毛说安娜也许会平安归来的话一次又一次在耳边响起，江枫满心认为，大毛和二毛消灭了76号的人，安娜就能平安回来了。于是，他热血澎湃，双脚生风，车拉得又快又稳，在他心里这是一辆能救回安娜性命的救命车。

江枫一走，小欢拍拍乌云的脑袋，示意它留下看家，就拉着田小七溜进隔壁周阿姨家去帮工了，打扫屋子、洗尿布、洗衣服、刷碗、哄孩子，看到什么干什么。周阿姨本来不同意他们晚上来干活的，可是看着两个孩子可怜兮兮的就答应了，还答应帮他们瞒着江枫。

每天从周阿姨家回来时，小欢和田小七都是蹑手蹑脚地溜进屋子的。乌云被田小七安排在小欢的房里，江枫得半夜十二点才回来，小欢一个人害怕。海半仙已经睡下了，他知道孩子们在干什么，欣慰于两个孩子能自食其力，所以装作睡得很沉。他感谢老天，在他无力照顾孙子的时候送来了江枫和小欢！海半仙重重地叹息了一声，仿佛叹出了半辈子的酸甜苦辣。他感到喉头发痒，一定是叹气的时候吸进了被褥上的灰尘，一阵咳嗽惊醒了刚入睡的田小七。田小七揉揉发疼的双眼，问："爷爷，你要紧吗？"

"不要紧，明天若是有太阳，帮爷爷把被子拿出去晒晒！"海半仙伸出手扯扯松垮的喉咙，忍住不咳。

海半仙没等来孙子的回答，传入他耳中的是田小七匀称的呼吸。海半仙在黑漆漆的房里翻了个身，安详地笑了笑。年轻真是好，前一秒还在讲话，后一秒倒头就能睡着。这么想的时候，他烂桃子一样的眼睛里流出一滴混浊的泪来。他想起儿子的童年，在长长的运河边追着他跑的童年，于是海半仙叹息着喃喃道："世事弄人啊！如果当初没有钱来上海买房子……如果一家人都住在杭州的运河边……"

"妈，我要吃红烧猪蹄！"

海半仙猛地伸手捂住自己的嘴，警觉地翻过身来，在黑暗里努力地睁大被混浊的眼泪迷得更模糊的双眼。他虽然看不见，但能确定刚才那声音是从对面床上孙子的口里说出来的。

"妈……"

田小七翻了个身，被褥之间发出一些声响。

海半仙用另一只手捶捶自己的胸口，闷闷地骂道："日本鬼子，挨千刀啊！"

小欢屋子里的灯一直点着，她要给晚归的江枫留一盏光亮。小欢的日记写得越来越长，除了对妈妈的思念，对叔叔的感谢，对海爷的关心，还有她和田小七之间的趣事，和乌云之间日益增进的感情。更多的时候，小欢趴在桌子上睡着了，等江枫进屋，躺在角落稻草堆上的乌云警觉地抬起头，看到是江枫，便安静地重新躺下。江枫把小欢抱上床，洗把脸后也赶紧睡下，过不了几个小时天就又亮了。这样的日子江枫竟一点也不觉得苦，因为他的心中充满期待。

4

整个冬天，这一家四口像紧紧拧在一起的麻绳，卑贱但牢固。他们没有挨冻，也没有挨饿，还凑了钱带海半仙去同济医院看了眼睛，医生说了谁也听不懂的名词"血管性神经水肿"，交代海半仙调整作息时间，又配了消炎药，说过段时间会好起来的。

过完正月，隔壁周阿姨要带着孩子搬去苏北姑妈家了——城里的开销实在太大，做店员的周阿姨的丈夫也承担不了了。于是，小欢和田小七也将失去工作。周阿姨走的时候要给他们一袋小米，田小七赶紧接过来，可是小欢非不要，直到周阿姨说："留着吧，谁也不知道明天的日子会怎么样！家里还有老人要吃的。"小欢才松开了手。

四月的风催着小欢和田小七脱去厚重的棉袄，贴身的单衣单裤穿在两个孩子身上像特意剪短了一截似的，江枫欣喜地朝视力有所好转的海半仙喊道："看，孩子们长高了！"

海半仙在院子里用江枫为他削的木头拐杖拍打着他的破棉被，转过身来看着小欢和孙子，笑道："就算天往下塌，地往下陷，孩子还是要长个。孩子真好啊！"

江枫从屋子里拿出原先董太太给小欢的那块阴丹士林布，让小欢和小七各扯着一个角摊开。他拿手比了比，说道："应该够给小欢做一件上衣。"又冲田小七笑笑说，"再给你做一件马甲。"

"找裁缝要花钞票的！"到上海快三年了，小欢也习惯在话语中夹上几句上海话了。田小七看着光滑的布料，摸了又摸。

"所以，我们现在要开工去了。"江枫把干巴巴的泛黄了的白毛巾往脖子上一搭，招呼道。

田小七背起堂屋墙角里的一只木盒，跟着江枫往外走，他笑嘻嘻地说道："今天我要争取擦十双皮鞋，那就有钱做马甲啦！"

原来，周阿姨走的时候，田小七不仅从她手里接过一袋小米，还问她要了留在屋子角落里的一只木头盒子。当时小欢问他干吗用，田小七笑着跑远了，清冷的弄堂里都是他的笑声。回家以后，小欢就看着田小七拿来两根铁钉，用铁榔头把铁钉钉进木盒子的两头，然后找了根绳子系在铁钉上。他看着满脸疑惑的小欢，耸耸眉毛，神气活现地说道："明天我去鞋匠那讨一块鞋油，再加上你送我的半块毛巾，就能上街擦皮鞋了。"不等小欢惊讶，田小七又说道，"以后叔叔拉车，我擦鞋，生意肯定会更好的！"

小欢朝田小七竖起她右手的大拇指，赞道："你真厉害！"

田小七背着他的擦鞋盒，跟着江枫出了门，小欢身边跟着乌云，也跨出了门槛。海半仙挪动步子走到大门口，倚在门框上，看着孩子们的背影消失在悠长的弄堂里。但他依然倚着不愿回去，因为弄堂里还回荡着孩子们的欢声笑语，有了这欢笑声，就能想象他们追逐打闹的模样。海半仙笑了，眼角皱纹绽开，引得墙角的一盆月季开了花。笑着的海半仙又流下了混浊的老泪，他掰着手指头计算，清明快要到了，于是悲伤如风暴一般再一次席卷心海。拐杖倒在地上，浑身颤抖的海半仙用双手扒着门框，久久缓不过气来……

刚出弄堂，路边就有人朝江枫挥手："黄包车！"

田小七上前问："先生，要擦鞋吗？可以现在擦，也可以到了您要去的地方再擦。"

"小赤佬，你眼乌子出白毛啦[①]！没看见我穿的是布鞋啊！"精瘦猴子一样的人叫骂起来，声音却震天响。

田小七确实没看清来人穿的是什么鞋就上前揽生意了，他心里想的都是新衣服，现在被人这么一通骂，红着脸低着头退到江枫的身后去。江枫赶紧赔着笑脸说道："先

_____

① 编者注：上海方言，骂人的话。

生，您消消气，您到哪里呀？"江枫抽出挂在脖子上泛黄的白毛巾，熟练地掸了掸座位，请瘦男人上车。

跑过宽阔的街道，穿过狭窄的弄堂，四月的风吹在江枫身上也止不住他汗流浃背。忽然，江枫的心头涌现出一个清晰的身影，那个美丽的熟悉的面容啊，像绚烂的烟花，瞬间占满了江枫的天空。来上海后，江枫将她封存在心底，实在不敢去想她，她也确实好久没有浮现在江枫的眼前和脑海里，可此刻，春风拂面，万物生长，汪五月就像雨后的春笋从他的心里头冒出来，按都按不住。

又跑出好远的路，江枫终于把精瘦的男人从秋风渡拉到了四马路上一扇红漆大门前。江枫把车停稳，朝后看了一眼，小欢也赶上来了。于是，江枫放心地看着从车上跨下来的男人，冲他笑着说："先生，到了，三毛钱，谢谢。"

精瘦男人好像没听到江枫说话似的，也没有要付钱的意思，拔腿就走。江枫收起笑脸伸手拉住他，精瘦男人转过脸来，江枫又立即堆起笑脸说道："先生，您忘记给我的辛苦钱了。"

"啪！"江枫的脸上竟然挨了那精瘦男人一巴掌，小欢刚刚赶上来，她还来不及长舒一口气，瞪大眼睛，屏住呼吸，脑子里闪过无数个不好的念头。

田小七指着精瘦男人骂道："瘪三，你干吗？"

"汪！汪汪汪！"乌云嗅到了田小七发怒的气息。

"你们晓不晓得我大哥是哪个！我坐车从来不付钱！"

精瘦男人吼道。

江枫捂着右脸，一肚子的火气，看样子是遇上黑帮的地痞流氓了，只能自认倒霉。可还没等他开口说话，只见田小七一拍乌云，乌云冲上去朝着精瘦男人的屁股就是一口！

"哎哟喂！"精瘦男人鬼哭狼嚎地一声吼，红漆大门开了，冲出来十几个身穿黑绸衣，腰系红绸带，手举长木棍的壮汉，冲在前头的是两条汪汪直叫的大土狗，于是乌云与它们对阵，此起彼伏的狂吠暂时难分胜负。

"老大，救我，他们放狗咬我！"精瘦男人跌跌撞撞地冲到走在最后的胖老头跟前，扑通一声就跪下了。

胖老头手里把玩着一对玉石做的太极球，球已经磨得光滑透亮，像极了神话传说里的飞龙之眼。

江枫喊道："小七，带小欢快走！"

"竟敢欺负我红黑门的人，今天得留下一个说法。"胖老头瞪大微闭的眼睛，两颗晶亮的眼珠子直瞪着江枫。左右立刻将江枫他们团团围住。

"是他坐车不付钱！"田小七指着胖老头身边捂着屁股直叫唤的精瘦男人。

"先把你们的狗咬我红黑门弟子的事解决了，再说他坐车不付钱的事！"胖老头瞪了一眼身边的精瘦男人，精瘦男人便不敢再叫唤了。

可谁也没想到叫红了眼的乌云会箭一般地飞出去，当即咬断了一条土狗的喉管。

"不！"江枫无力地喊道，但一切都是徒劳，他知道这理再也说不清了，一场血光之灾在所难免。

另一条土狗不敢靠近乌云，只在人后朝乌云狂叫不止，红黑门众徒举棍来打乌云，小欢双手抱头，尖叫道："不要！"

田小七大喊一声："乌云！"将它扑在身下，棍子落在田小七的背上，疼得他啊啊直叫。江枫冲进棍棒之下，将田小七护在怀里，一根棍子打在江枫的腿上，他膝盖一曲，跪倒在地，也顺势压倒了怀中的田小七。小欢哭喊着求地痞不要再打了，可是没人理她，她冲进去，以弱小的身子挡在棍棒前。那群地痞对一个断了手臂的小姑娘生了恻隐之心，胖老头手里的太极球也不转了，他急喊了一声："停！"乌云趁机挣脱田小七的怀抱，猛地朝一个举棍的人扑去。那人吓得哇哇大叫，连连后退，其他人也对乌云有些忌惮，纷纷往后退了几步。

那条躲在人后的土狗还在狂吠，乌云发出低沉的呜呜呜呜的声音，极愤怒的样子，以闪电的速度扑向那条土狗，土狗拔腿就跑，乌云紧追不舍。

这时，胖老头清清嗓子说道："把黄包车给砸了！江湖有江湖的规矩，今天你们放狗咬我红黑门的人，要是不给你们点教训，日后我红黑门岂不被人取笑！"

"对！你得给我们老大磕三个响头！"站在胖老头身边

捂着屁股的精瘦男人指着江枫吼道。

众门徒纷纷响应，瞬间砸烂了黄包车后，逼着江枫给他们老大磕头。

满脸是血的江枫缓缓地站起来，掸了掸身上的尘土，扬起脖子，怒目圆睁地瞪着这群地痞流氓——骨子里满是傲气的江枫怎么可能下跪求饶！

见江枫根本就没有要跪的意思，地痞们又要动手。小欢冲上去，抹掉了挂在脸上的眼泪，又抹了一把鼻涕，扑通跪倒在地，头磕在石子地面上，似乎没有一点响声，可是等她抬头的时候，一行鲜血顺着白玉一般的鼻梁淌下来。小欢又把头重重地磕下去，她始终没有哭，连磕了五个头以后，声嘶力竭地喊道："伯伯、叔叔，求你们放过我们吧！求求你们了！"

江枫红肿的眼眶中先是流下一滴泪，接着成串的眼泪往下流。他用撕裂的嗓音仰头哀号，涨粗的脖子上青筋凸起。他重重地跪下去，将头磕在地上。那场景吓得地痞们汗毛直竖，胖老头摆摆手，让他们赶紧走人。

5

小欢和田小七扶起江枫要走时，江枫执意要将被砸破的黄包车拉回去。小欢发现乌云不见了踪影，田小七劝她别着急，乌云自己会回家的。

小欢扶着江枫，田小七拉着黄包车回到家的时候，乌云果真已经在家门口等着了。

江枫流了很多血，脸色像一张黄纸，倒在竹榻上以后就闭上了眼，蜡黄的脸变得苍白，苍白的脸又烧得通红。江枫发高烧了。

海半仙围着被砸烂的黄包车看了又看，对田小七说道："去找些木块、木片，还有洋钉。"田小七拔腿就跑，海半仙又冲着孙子的背影喊道，"跑什么，慢慢走，再给我找铁榔头来。"

田小七答应着。

海半仙拍拍黄包车上的黑布棚，叹气道："幸好这顶布棚子没给撕破。"

小欢顾不得已经结了血痂的额头，她守着江枫，用冷毛巾敷在他的额头上，看着江枫嘴唇干裂，却一点也喝不进水，小欢就用手指头沾上水，一滴一滴地往江枫的嘴里滴。小欢半蹲在竹榻前，不一会儿双腿就发麻了，她抖抖双腿，又半蹲下来，继续喂水。尽管小欢努力地照顾着，江枫却仍然高烧不退，梦呓不断。她听到江枫在喊五月阿姨的名字，还喊了她的名字，叫她别去运河边。小欢就用唯一的一只手握住江枫发烫的大手，轻声念叨："叔叔，你醒过来呀，你别吓我，叔叔，我是小欢呀……"突然，江枫梦呓中说出的话让小欢心中一惊，小欢赶紧将耳朵凑近江枫的嘴边，想听得更仔细一点，果然，江枫喊了她妈妈安娜的名字，小欢还从他模糊的只言片语中得知了安娜被关在一个叫76号的可怕的地方。

"叔叔，你醒过来呀！你告诉我妈妈怎么了！"一时情急的小欢推了推江枫，可是江枫纹丝不动，他似乎太累了，累得一躺下就不想再起来似的。小欢松了手，她隔着衣服摸了摸胸前包着金片的断玉，自言自语地说道："李伤心，如果天亮以后叔叔还没有醒来，我就把这个拿去当了，送他去医院，他一定要活着！"

小欢守着江枫一夜。一丝光亮透过窗子时，海半仙修好了江枫的黄包车，他洗洗手，盛起一碗吩咐田小七熬了一个时辰的稀薄的米粥，让田小七也喝一碗，然后赶紧再去睡会儿。

海半仙右手颤颤巍巍地端着一碗米粥，左手推开了嘎吱作响的门。小欢警觉地抬起头，瞬间觉得脖子和右手臂都酸麻得动弹不得。原来趴在病人的床前睡着了是这么难受的事情，小欢想起当年自己失去左臂住在医院的那么多个日夜，江枫和汪五月守着她得多么痛苦啊！

"海爷，"小欢伸手摸摸江枫的额头，"烧退了！"她一脸高兴地喊道。

海半仙把米粥凑近小欢的嘴，说："快喝！"

小欢摇摇头，又扭头看看竹榻上躺着的江枫说道："我不饿，留着等叔叔醒了给他喝。"

"锅里还有。你先喝，你可不能熬坏了！"海半仙的脸像被霜打了的茄子。之前他只要一跟小欢说话，脸上的皱纹都像细细的河流，能顺畅地流淌起来。

小欢接过碗，海半仙突然不忍再看，转身出门了。

小欢吸溜一口，温热黏稠的米汤在口腔里流淌、翻滚，瞬间温暖了她冰凉的胃，暗沉的小脸立刻红润起来，发烫的心催使着布满血丝的双眼盛满晶莹的液体。

小欢正想摘下胸口的金片断玉时，江枫猛地睁开了眼，仿佛看到魔鬼一般坐起来，惊恐地看着坐在床前的小欢。半晌，他突然用力地伸出双臂把瘦弱的小欢搂在怀里，又紧张地把小欢推到眼前，看她乌青深红的额头，焦虑地问道："小欢，你怎么样？"

小欢摇摇头说道："不疼。"又摸摸江枫胡子如乱草疯长一般的脸庞，皱着眉头，心疼地说道，"叔叔，你一定很疼。"

江枫也摇摇头，又问道："小七怎么样？"

小欢也摇摇头说没事，还告诉他海爷忙了一夜，修好了黄包车。

安心的江枫抓住小欢的手，捂在他扎人的胡茬上来回搓，江枫想感受小欢右手的温度，他实在害怕再发生任何意外。

"叔叔，痒，痒……"小欢的一长串笑声引得江枫也笑了，一笑就活动了昨天受伤的筋骨，于是他浑身一抽，眉宇之间掠过一道闪电，哎呀呀地叫了起来。

"醒啦？"海半仙走进屋子问道。

欢笑着的小欢转过身来，像小鸡啄米似的点头，像百灵鸟歌唱一般地告诉海半仙："叔叔醒了！"

听到声音的田小七一股脑儿地爬起来，他端进一碗薄粥来要喂江枫。江枫看见粥，猛地咽了几口使劲分泌出来的唾沫，但还是滋润不了干渴的喉咙，一夜的高烧带走了他体内不少水分。他着急忙慌地喝了一口，饭粒呛进喉咙，咳得吐出一汪黄水来。小七轻拍他的背，缓过神来的江枫再次拿起粥碗，一口接着一口慢慢咽。

小欢心里一直在盘算着问问江枫昨晚他梦话里关于安娜关在76号的事情，可似乎总是没有机会提，小欢决定让江枫多休息休息，等他再一觉睡醒的时候，就非得回答她这个问题了。

抢着去刷碗的小欢发现原来田小七只熬了两碗粥，海爷端了一碗给她，田小七端了一碗给叔叔，而他们根本就没有吃。小欢拿起轻得跟一张纸似的米袋，才知道家里又没米了。

起身如厕的江枫看到厨房里傻愣着的小欢问："怎么啦？"

小欢像只受惊的小兔子，往角落里缩了两步，将手中的空米袋塞在身后。

江枫想让孩子们去买点吃的，可是摸遍了全身也没有找到钱包。江枫想一定是丢在了昨天被打的地方，他通红的双眼里射出极度失望的光，满脑子都在念叨："怎么办？怎么办？难道今天两个孩子就这样挨饿吗？"对面屋子里传来海半仙猛烈的咳嗽声，江枫眼中的失望逐渐变成痛苦。

激动的江枫支起东倒西歪的身子，说他去拉车，他可以赚回今天的吃食，可还没站稳，人就倒下了。

田小七说他去城隍庙要吃的，小欢说她也要去，两个人总比一个人要得多，可是江枫不让，他心里难受，小欢已经丢了手臂，怎么还能让她沦落街头做个小乞丐呢？而且她是女孩，尽管缺了手臂，可她仍然是个漂亮的女孩，现在的街面上可不平静。

正争论时，堂屋里传来喊话的声音："在家吗？江枫、小欢、小七、海半仙，你们都在家吗？"

"是大毛叔叔和二毛叔叔！"小欢一激灵，像抓住救命稻草似的往屋外跑。

原来江枫昨天晚上没有出现在百乐门舞厅，大毛和二毛心里担心，就来家里看看。与他们同行的还有一位英气逼人的先生，他自称姓陶，小欢就叫他陶叔叔。他们带来了一些吃的，大毛还给小欢准备了一件花布单衣。小欢将衣服比在身上，欢乐的样子盖住了一夜的疲倦，她咧开小嘴，像枝头开口笑的红石榴，红石榴甜甜地问江枫："叔叔，好看吗？"

江枫点点头说好看，嘴角似乎尝到了富义仓院子里红石榴的滋味。四月了，石榴都该开花了，这几年院子里成熟的石榴都掉在地上，烂进土里，化成肥料了。江枫的心被小欢的笑声扯得生疼，但他满是伤痕的脸却陪着小欢一起笑，就像开了个油彩铺子似的。

陶先生坐着，只是笑，不说话。

二毛看了看大毛的眼色，欲言又止。

大毛说："江枫你好好养伤吧，我们大业未成，也不便出面帮你教训'地头蛇'。"

江枫摇摇头，说自己没事，他看出二毛一脸心事、欲言又止的模样，担心是安娜有了不好的消息，于是，他定定神，请大毛、二毛和陶先生去屋里说话。

关好门窗，江枫又在门口立了一会儿，他转身先冲朝他笑的陶先生点了点头，以致谢意，才问大毛二毛："老乡，到底什么事情让你们两位面露难色？"

二毛伸出手，一巴掌拍在膝盖上，长叹一口气，似乎不知从何说起。

6

事情发生在两个多月前，也就是大毛、二毛给江枫送上黄包车的前二十天，接近年底的时候。

在一家名为凯司令的咖啡馆里，大毛、二毛和一个线人见了一面。

女人一张脸几乎湮没在黑色的纱巾里，露出的仅有两只精致的杏仁般的眼。

"既然你们没能成功，今后我就不能再帮你们了。"大厅内一张最不起眼的方桌前，女人侧脸对着雕花的玻璃说，双眼始终落在窗外的人群中。

"看在我们死了两个兄弟的分上，你也应该再帮我们一次。相信我，最后一次。"大毛说。

"可是我得在相信你们之前，先足够相信上帝还会给我多一次幸运。"女人一口流利的中文，只是在发音上略显生硬。女人怕自己表达得不够清楚，又直白地说道："世上有千万种死法，但活着却只有一种。我还想活着离开上海。"

"既然如此，你今天又何必见我们？"二毛将身子靠近桌面。

女人收回目光，短暂地停留在对面男人的脸上。片刻安静后，女人也将身子靠近桌面，目光安详地说："毕忠良的妻子刘兰芝，是你们浙江西部的衢县人。她恋旧，想吃家乡菜，一周前给老家的堂弟写了封信，让他来上海过年。"

大毛和二毛静静地听着。整整有三年，他们一直在筹划着谋杀特工总部76号的特别行动处处长毕忠良。对面的女人曾经为他们提供过一次情报，可惜，大毛他们失败了。那次上海的行动，军统的飓风行动队还搭上了两个兄弟的性命。

大毛指着端坐在凳子上的陶先生对江枫说："这位就是我们军统飓风行动队的队长陶大春。"

陶大春似乎天生面带微笑，从进门到现在他一直微笑着，这样的人是适合伪装自己的。江枫想，要是给他换上戏服，他就是登台的戏子；要是给他换上粗布，他就是店里的伙计；要是给他换上绸衫，他就是老奸巨猾的商贾，但怎么看也不像杀手。江枫没有再笑，他的脸像冰冻过一样僵硬。

大毛继续讲两个多月前发生的事情。当时，黑纱蒙面的女人从座椅上起身："你们今天不用给钱。这次的情报，算是我送给你们那两个兄弟的，愿他们安息。我虽然是英国人，却在中国长大。"

走出凯司令的旋转门后，女人很快出现在窗玻璃外的街道上。大毛在回去的路上才回想起，女人最后说的一句话是："铁笼里的老虎再温顺，也不要把你的手送到它嘴边。"不过，大毛那时想的却是，该怎样做才能把那只老虎带到铁笼里去。

当晚，在陶大春的首肯下，大毛立即收拾行李，冒充毕忠良为夫人派去接老家亲戚的属下，直奔衢县。一周后他再次出现在上海火车站时，和他一起下车的，是来自衢县乡村的一对父女。在他们从老家出发之前，刘菜刀将堂姐刘兰芝写给他的信叠得整整齐齐地塞进了包袱里，又给上海愚园路的毕公馆寄了一封信，信中写着，堂弟刘菜刀带着女儿即日动身。

之前在火车上，抱着女儿的刘菜刀望着窗外渐行渐远的风景，对大毛说："我这堂姐，我都不记得小时候是否见过面。她很早就离开老家了，听说后来嫁给了一个军人。你也看过她写给我的信了，如今日子过得好了，嘴巴就会老觉得清淡。"

"人也好的呀，"大毛说，"能有这样的亲戚，真是你的福分。"

此时，如果换一个方向，回头沿着浙赣铁路线，从杭州出发一直往西，过了金华便到了刘菜刀家的衢县。再往前，四十千米后的下一站，就是大毛、二毛和江枫的老家——江山县城。在县城下车，往南再走五十千米路，就到了保安乡，军统局局长戴笠就是出生于此。在军统，毛家两兄弟和所有的江山老乡一样，私下里都叫戴先生为戴老板。

一九三七年的十二月中旬，杭州城沦陷在即，戴老板对着刚被自己从福建召回的老乡——之后担任杭州情报站站长的毛森说："都说时危见臣节，世乱识忠良。可我们的苏浙抗日别动队里却端端出了个毕忠良这样胆大妄为的叛徒。他哪配得上忠良二字？他是汉奸走狗！"

戴老板后来对手下指示，这是我戴某人的笑话和耻辱，你们看着办吧……

大毛并没有急着将刘菜刀父女送往毕忠良的住处。

"再等几天，我们好好聊一聊。"二毛说。

刘菜刀是读过几年书的，也写得一手好字。他在租界报纸上见到了毕忠良的名字和飓风行动队的那次刺杀新闻。放下报纸后，他冲着大毛和二毛问："你们江山人大多是军统的，这回找上我，莫不是要杀我堂姐夫?"

"没有的事，我们只是想通过你认识你姐夫，跟他做做烟土的生意。"二毛笑着说。

在那天夜里，刘菜刀背起包袱，想叫醒熟睡的女儿一起逃跑，可是却被警觉的大毛发现了。刘菜刀舍下女儿翻墙逃脱，大毛紧追其后，可只扯下他的包袱。刘菜刀慌乱地一阵狂奔，大毛和二毛一路追赶。到了苏州河边，刘菜刀看见桥面上正在执勤的两个巡捕，便一声叫喊："警官，快救我!"

情急之下，大毛向他扣动了扳机。一个倒栽葱，刘菜刀从桥上掉落到河水里。

在巡捕尖厉的哨音里，二毛拉着惊魂未定的大毛消失在夜色中。

"我真的没想害他，实在是束手无策。"大毛看着江枫，颓丧地说，"他一旦说出实情，就什么都完了。"

"抗日也不仅仅是我们军统的事情，没能替他收尸，只是迫不得已。"二毛拍拍大毛的肩，继而说道，"幸好刘兰芝写给他的信还在包袱里，被你拦了下来。"

"那，那他的女儿呢？"江枫看着像罪人一样垂头僵坐的大毛问道。

"我们找人送她去重庆了，今后会有人一直抚养她。"微笑的陶大春肯定地回答道。

"小姑娘走的时候，我还对她说，她爸爸是被日本人杀掉的，等她长大了，和我们一起打日本人！"二毛补充道。

大毛看着江枫，缓缓说道："很巧，刘菜刀的女儿也叫小欢，刘小欢。"

敏感的江枫捕捉到了一些信息，他紧皱眉头，如炬的目光从陶大春微笑的脸慢慢移到毛家两兄弟焦虑的脸上，问道："所以你们今天来，是想？"

大毛起身拉江枫过来一同坐在嘎吱作响的竹榻上，他轻拍江枫的肩头，像一位语重心长的老者一般，郑重地说道："老乡，我们希望你带着小欢，代替刘菜刀父女住进毕家，帮我们摸清毕忠良的行踪。"

二毛又接着大毛的话补充道："毕竟是毕忠良抓了小欢的妈妈，你也想为她报仇的吧！"

一直躲在窗台下的小欢听到这句话的时候，身子忍不住抖动了一下，但是小欢努力让自己安静下来，她想听到关于妈妈的更多消息。

"安娜肯定还活着！"二毛嘴里的报仇二字，激起了江枫心中的愤恨，他冷冷地瞪着二毛，斩钉截铁地说道。

"对！活着！"陶大春站了起来，走到江枫的跟前，他收起笑脸，一脸严肃地又说道，"那你更该为了让小欢能见到活着的安娜而答应我们！我答应你，只要有机会，我们会救安娜。"

大毛又要开口时，江枫压着嗓音说道："亏你们想得出来！我是绝对不会答应的！我绝不会带着小欢去冒这个险！你们死了这条心吧！"

站在门缝外往里看的海半仙顿时觉得眼前的男人与以往判若两人，此时的江枫就像一头狮子，胸中似乎烧着一把烈火。

"小欢已经失去了一条手臂，她够苦了！再有什么闪失，你们让我今后怎么跟安娜交代？怎么交代？你们说啊！"江枫的声音很低，但丝毫不影响他言语间的坚定。

"其实没有你想象的那么危险，"大毛好声好气地说，"你做我们的内线，只需要转达一次毕忠良外出的确切消息，方便我们动手，我们不想再无谓地牺牲同胞了。"

江枫只是摇头，他双手别在身后："这事没得商量。荒唐，太过荒唐！"

蹲在海半仙身下的田小七双腿发颤，往前一冲，往门里一扑，摔倒在地。他像个猴儿似的，打了个滚爬起来，摸摸脑袋，不好意思地看着屋子里四个神态各异的大人。

海半仙迈出沉重的步子，跨进门槛说道："你们三位就别难为江枫了。我能懂他，小欢的安全对他来说是千金的诺言。"一段沉默后，海半仙又说，"若是在二十年前，或许我倒可以带着儿子过去，当你们的内线。"海半仙说完，闯进心头的往事，给了他满眼的混浊和苍凉。

"刘菜刀的孩子是个女儿。"二毛又加了一句无力的解释，可也没有唤回海半仙恍惚的思绪。

正当陶大春、毛家两兄弟双手抱拳、作揖、转身，失望地准备踏出屋子的时候，泪眼婆娑的小欢冲了进来。她冲江枫喊道："我要去！我要去找我妈妈，你早知道我妈妈被关在76号为什么不告诉我！"小欢小小的胸脯被自己的话冲得如波浪一般起伏，她伸出右臂，抹了一把四溢的泪水，又喊道，"你发高烧时喊的话我都听到了，你说妈妈被关在76号！"

除了田小七和江枫，其他人都不约而同地叫唤道："孩子啊……"但只这一句，后面谁也不知道该说些什么，才能让这个思念母亲的孩子明白江枫不告诉她真相的苦衷。他们觉得无从解释——是啊，谁也不能阻挡一个孩子思念母亲的心！

"江疯子！"小欢的一声喊，将江枫四散成碎片的心重新黏合到一起，只是疼得厉害。小欢已经许久不曾这么叫他，她以前叫"江疯子"是那么亲切，那么动听，而此时，江枫却听出了滴血的声音。小欢哭着喊道："你说过要带我找到妈妈的，我不怕困难，是不是你害怕了，害怕那个叫76号的地方！"

"小欢！"海半仙像是拼了半条命似的，将手里的拐杖敲在地上，咚咚直响。他心疼呀，小欢这么乖巧懂事的孩子，心里是有多想妈妈，才会朝一直对她照顾有加的江枫如此大呼小叫！如果安娜知道了，也是会伤心的。

小欢忍住眼泪，可单薄的身体却抖得厉害。江枫想上前抱一抱他心疼的小欢，可是伸出手、迈出步子的他又停住了脚，垂下了手，他担心会遭到小欢的拒绝，那是他再也承受不了的。

"叔叔，你就带我去吧！我想妈妈！"小欢带着哭腔，断断续续地说道。

"好！"江枫响亮地答道。这让陶大春、大毛、二毛都喜上眉梢。

江枫转身看着陶大春他们，不容商量地说道："我可以去做你们的内线，但只能一个人去，我想刘菜刀也可以临时决定不带女儿来上海的。"

"好！"陶大春当即答应。

不等小欢说话，江枫蹲下身子，视线和小欢一样高，目光是如此温柔。江枫说道："这是叔叔能答应这件事的底线，叔叔可以去冒险，但是你必须平安，因为你还要见到妈妈。"

江枫没有想到小欢答应得那么爽快。小欢扑在他的怀里，轻声细语地讲："叔叔，你还记得吗？我说过你要当大厨的，现在终于要当大厨了，而且是做这么有意义的大厨！"

江枫一直握着小欢的小拳头，不愿意松开，他想，会有好长一段时间握不到小欢的小手了。

大毛递给江枫一本薄薄的本子，说上面是刘菜刀一家的情况，务必记清楚，一个星期后去毕家。江枫打开本子，第一条就写着刘菜刀是能写字的，为了防止毕家人对笔迹，所以江枫必须说自己不识字。仅这一条，江枫就看到了前路的凶险，可是他真的一点也不怕，似乎他这一生都没有如今天这么无畏过。

走之前，陶大春给海半仙留下一笔钱，大毛和二毛还答应搬来此地暂住，照料一老两小的生活。

江枫要走的前一个晚上，小欢拉着田小七坐在院子里数星星。田小七困得想睡觉，于是他说："你数星星，我数月亮。"乌云对着天空吼了一声。小欢呵呵直笑道："乌云数得比你快，它说有一个月亮。"

整个晚上，田小七都没有看出小欢有心事。

第四章　毕公馆

第二天清晨，愚园路毕公馆的用人吴妈正在厨房中择洗菜叶时，厅堂里响起了一阵门铃声。吴妈拉开铁门上的小窗口，看到一个落魄的男人在细雨纷飞中眯着双眼，水珠从他的发丛间缓缓滴落。

吴妈即刻回头喊道："太太，来客人了。你快过来看看，是老家的亲戚吗？"

刘兰芝用双手抵着铁门，凑近窗口后警惕地问道："你找谁？"

"是我姐家吗？"江枫急忙掏出口袋里一个皱巴巴的信封，指着上头有着刘兰芝笔迹的收信人地址说，"我是她堂弟刘菜刀，刚从浙江老家过来。"

江枫说话时淡淡的乡音让刘兰芝的双眼即刻红起来。"快开门，快开门！"刘兰芝对着身后的吴妈叫道，"他没带伞的呀。"

自打十二岁时跟随父亲离开老家，刘兰芝就再没回过衢县，至于那个名叫后溪街的乡村，只能和一条潺潺的溪水一起，流淌在她孩童时光的记忆里。刘兰芝依旧记得，父亲曾带她撑着小木舟沿溪水逆流而上，用不了多久，船就到了邻县的江山境内。父亲摸出烟袋后，指着远处告诉她，从这里过去，就叫须江。江畔一脚深的浅水底堆积的鹅卵石清晰可见，父亲的竹篙插入砂石间，惊得觅食的鱼虾摇尾乱窜。不远处有芦苇丛，张开翅膀的白鹭在低空中滑翔。

离开家乡最初的那几年，她和父亲一直念念不忘家乡菜的浓香和入味。五年前，父亲离世后，原本和家乡时而有之的信件来往也就基本中断了。吴妈开门的那一瞬间，所有的回忆如高涨的潮水一般朝刘兰芝袭来，她扯下别在旗袍上的手绢，擦擦眼角流下的泪。

铁门开了，小欢突然跳到江枫身前，对着开门的女人叫了一声姑妈，然后又带点儿埋怨地含笑扭头说道："爸，你走得太快了，我都快跟不上了。"

江枫愣住了，他没想到竟是在这种情况下第一次听到小欢叫他"爸"，一闪而过的惊喜之后是巨大的恐慌：小欢怎么会来?!

事实上，开门的是用人吴妈，刘兰芝就站在不远处。

吴妈对穿着花布单衣的小欢笑笑，指指刘兰芝："那是太太。"

小欢红着脸看到了吴妈身后穿一身墨绿色旗袍、端庄优雅、眼中含泪的刘兰芝，大声喊道："姑妈好!"

刘兰芝竟答应不出来，一块手帕捂在嘴上，生怕哭出声来，失了仪态。

"姐!"江枫努力掩住震惊和担忧，尽量亲热地喊道。

"太太。"吴妈唤了一声。她知道刘兰芝自从收到老家的来信后就盼着堂弟快点来，这会儿真见到了，肯定又想起小时候，控制不住自己的情绪了。吴妈见刘兰芝还没反应，便赶紧张罗江枫和小欢进屋。吴妈接过小欢右肩上的包裹，说道："太太早盼着你们来呢，瞧，把太太都给看呆了。"

"对对对，快进屋里来。"刘兰芝回过神来，伸手去拉小欢，捏到她空空的左袖时，顿时慌了神，松了手。小欢往江枫身后一躲。江枫拉拉小欢说："不怕的，到姑妈家了，什么都不用怕。"

刘兰芝一脸慈爱地看着被江枫推到身前的小欢，亲切地喊道："你是小欢，你爸爸在信里说带你一起来。真好!"刘兰芝再来牵小欢的右手时，小欢已经不害怕了，她招呼父女俩快进屋，一边吩咐道，"吴妈，快拿毛巾来，再熬一壶姜茶。"

走出几步，江枫停住了脚，他看着干净的地砖沾上了自己拖泥带水的鞋印，尴尬地往后退了两步，小欢挣脱刘兰芝的手，也跟着退了两步。

"没关系的，"刘兰芝又来拉他们，"拖一拖就好了。"

吴妈满脸堆笑，赶紧递上一大一小两双布鞋："太太说老家有亲戚要来长住，我就准备好了，刚才和太太一起光顾着高兴，就把鞋子忘记了。"

刘兰芝点点头，对吴妈说道："以后家里多两个人了，方方面面你都想着点。"

"哎。"吴妈一边答应一边朝厨房走去，她得赶紧去把姜茶煮上。

刘兰芝拉着换了鞋子的江枫和小欢坐在沙发上，问他们怎么这么久才到，还等着他们一起过年的，又埋怨江枫这期间也不写信来报个平安。

"姐，不要说写信，这一路上走走停停的，到处都是关卡，不知道绕了多少路，耽搁了多少时日。"江枫接过吴妈递过来的毛巾，擦着身上的水珠，小心翼翼地又说道，"出发前寄来的信是托人写的。我只是认得几个字而已，要是让我写回信，那是依葫芦画瓢，还没写上两个字，笔头就要掉落到桌子底下的。"

"不讲了，不讲了，平安到了就好。"刘兰芝双目热切地说。

吴妈给江枫沏上一杯姜茶后，刘兰芝支着沙发的靠手缓缓地说："人总是恋家的，嘴巴也是恋旧的。这么多年，我倒是习惯了。只是你那姐夫，老是嫌这里的菜清淡，皱紧眉头说提不起胃口。于是我想起了咱们的家乡菜，这才有了给你们写的那封信。"

小欢倒不认生，一个劲地冲刘兰芝笑，笑得刘兰芝心花怒放。有几次，刘兰芝和吴妈的眼神停在她左手空荡的袖口上，随后又匆匆地移开。

刘兰芝后来让吴妈给毕忠良的办公室打电话，让他中午回来吃饭时，小欢将沙发上斜撑的身子向江枫略微靠近。江枫抬手搂住她，说："姐，小欢的左手不好了，只是之前在信里我没有提。"

刘兰芝点头，声音低沉地说："看出来了，先不说这个。"

走向电话机座的吴妈又折了回来，说："太太，先生早上出门的时候说今天要去南京的呀！"

刘兰芝一拍大腿，扭头笑道："瞧我这记性，一时高兴，竟然给忘了。"她又扭过头看着脸蛋红扑扑的小欢，笑着说，"还是不在家的好。我这，该叫什么来着？哦，该叫侄女。你姑父那张老虎脸，谁见谁怕。"

江枫赔着笑说："不会，不会，小欢从小不认生。"

小欢扭了下身子，嘴巴噘起后睫毛一闪，笑容乖巧地说道："爸爸说到了姑妈家就是自己家，不用怕。"待声音落定，刘兰芝绽开的笑容尚未收起时，小欢又接着说，"等姑父回来了，我就叫姑父好！"

小欢的一张巧嘴逗笑了刘兰芝和吴妈，只有江枫扯扯她的衣角让她别说了，又赔着笑脸，对刘兰芝说道："乡下孩子，野惯了，没规矩，还请堂姐不要责怪。"

刘兰芝早笑得合不拢嘴，一声接一声地说："蛮好的呀，小欢像我小时候，什么也不怕！"江枫从刘兰芝的眉眼里看出，她是从第一眼就喜欢上小欢了。

"这孩子，心里其实懂事着呢。"吴妈说着，端上一盘枇杷摆到小欢的面前。刘兰芝俯身，将果盘又朝小欢推近了些。"来，拿上，姑妈喜欢你。"刘兰芝说着，目光又不由自主地飘落到小欢的左手，"想当年，跟我爹离开老家，也就是小欢这个年纪。"刘兰芝的话语中带着忧愁，她将目光转回到江枫的身上，问，"孩子母亲呢？"

江枫揉搓着双手，沉默了片刻才痛苦地回忆道："其实我们一家三口原本在杭州住了多年，小欢也是在那边出生的。一九三七年的十月，日本人的飞机炸塌了杭州火车站，那时我们正准备上车回老家。孩子她妈是杭州本地人，就是那天没有的，小欢的左手也跟着她妈没了。所以我到哪里都要带着她的，不然孩子一个人留在老家，太可怜了。"说着，江枫捏了捏小欢胸口那块包着金片的断玉，突然猛地捶打胸口喊道，"可怜孩子她妈就给我留下一块断玉啊！"

"作孽啊……"刘兰芝哽咽着扭过头去，抽出手绢抹去闪动在眼角的泪花。

小欢早就收起笑脸，咬咬嘴唇，讶然于江枫的表演天分，靠近他的膝盖后轻叫了一声："爸爸，别再说了。"

江枫来上海后话一直很少，那天却跟刘兰芝说了很多家长里短。他回忆起自家面朝溪流的泥草房，旁边春夏播种的两行菜地，还说这次临走前卖掉几只红掌大白鹅，凑了路费。江枫突然目光黯淡地说，其实昨天就到了上海，身上还剩下几块钱，可是一身破烂衣服，实在不好意思来见堂姐，今天一早带小欢去买了件花布衣服换上才赶过来。

刘兰芝这才发现小欢身上的花布衣服果真还有明显的新折痕，又皱着眉叹气道："作孽呀……"她拉起小欢的小手，慈祥地看着她，"天主保佑你再也不会挨饿，再也不会挨冻了，姑妈明天就给你做新衣服。"刘兰芝突然又像想到了什么似的，瞪大眼睛盯着江枫问道，"你们昨天晚上睡在哪里的?"

"我们风餐露宿习惯了，就是可怜孩子跟着我一起吃苦头。"江枫也叹了口气。

"作孽呀……"

刘兰芝又这么说的时候，小欢想到了石巷弄的房东董太太，她也喜欢喊作孽啦，作孽呀，似乎这么喊一喊，心中就不觉得难受了。小欢抬眼看着眼前被她叫作姑妈的女人，看到她心疼自己的眼神，突然觉得从她的瞳孔里看到了妈妈安娜的眼神。小欢赶紧收回眼神，掐着手指，告诉自己："她是我的敌人！"

江枫后来又问起刘兰芝："姐，你以前在家里见过我吗？"

"当然见过面的呀，"刘兰芝说，"其他日子不说，每年过年的时候，一个家族的老小是都要走动走动的。你是哪一年哪一天生的？"

"民国元年，惊蛰那一天，一家人围在一起要给我取名时，我爹望着门外漫山遍野的油菜花说，简单点，就叫刘菜花吧。他说兵荒马乱的年代，男娃子取一个女娃子的名，能活得长久一点。后来我大了，硬让我爹给我改名字，才改成了刘菜刀。"这么说的时候，江枫觉得刘菜刀这个名字确实是有点俗气的，以致他胆小怕事到丢了性命。

刘兰芝一脸喜悦地说："对对对，我还有印象，你小时候因为大家都取笑你有个女孩子的名字，所以天天哭。"又伸出食指道，"我比你大了五岁。我离家的时候，你正好七岁。一个那么高的小鬼头，我还是记得的。"刘兰芝举起手比画着。

"那你还能记得我长啥样？"江枫故意问道。

"哎哟，那真是记不清了，多少辰光了呀。"刘兰芝笑呵呵地摇头，又对着江枫努力地审视一番，一双手比画出一张圆脸后说，"反正就是你现在的一个大概，大致的模样还在的。对的对的，记起来了，是有一个孩子在惊蛰那一天生的。父亲那年还开玩笑说，是天雷公把你从你娘肚子里给震出来的。一转眼，快过去半个甲子了呀。"

江枫和刘兰芝说话的时候，小欢偶尔抬头，张眼凝视屋内的四周。可到了将要吃晚饭时，一家人找遍了楼上楼下、房前院后，却始终不见小欢。

吴妈看着一脸焦急的刘兰芝说："奇怪呀，刚才在院子里，我提醒她外头下雨阴凉，问她要不要开先生的唱片机听听，她点头答应了。我找了黎锦晖的旧唱片，里头有《麻雀与小孩》《葡萄仙子》《神仙妹妹》，都是学堂里给孩子听的歌。她是睁着两只大眼睛在听的，我问她好听哦，她还笑着点点头。可怎么现在人就不见了呢？"

刘兰芝站在客厅的门口乱了方寸，对着吴妈一个劲地埋怨："让你好好看着好好看着，你眼睛瞎了吗？她一个孩子，到上海才第二天，这可怎么得了？"

吴妈垂头丧气地站在门廊里的黄铜墙灯下，直到被刘兰芝反反复复的几句话骂过多次，她才又奔回到院子里。

"外头的大门是锁着的，"刘兰芝说，"钥匙还在。"

江枫又看了看差不多两人高的围墙，梯子也是没有的。

一直到桌上所有的菜都凉了，吴妈才牵着小欢的手出现在主人的眼前。"小囡在地下室里，"吴妈心疼地说，"和一堆废旧物件蹲在一起，那个角落里是没有灯的，还好我带了手电筒。"

在江枫的追问下，小欢才抬头怯怯地说："对不起，姑妈，我看到有一只猫，就追着它跑过去了，"小欢指指地下室的入口说，"可是在那里等了很久，它一直不出来。"

"你不会是等得睡着了吧？"刘兰芝在门外的灯影里笑弯了腰，"傻孩子，这里到处都是野猫，你哪里能追得上它们。"

刘兰芝瞥见板着脸的江枫，担心弟弟要责怪女儿，赶紧拉起小欢说："好了好了，吃饭去，都快饿昏了吧。"刘兰芝腾出一只手摸着小欢的后脑，护着小欢朝屋里头走去。

小欢扭头望了一眼江枫。

小欢真正走丢是在第二天的上午。

吴妈说："菜刀兄弟，以后给先生太太掌厨的事就靠你了，也不知道你平常喜欢烧什么，要不我们一起去菜场看看。"

江枫即刻点头答应。

小欢跑过来说："爸爸，我也要去。"

"去吧去吧，你们父女一起去，也好认得隔壁菜场的路。"刘兰芝在这个灰蒙蒙的清晨里温和地笑着。

江枫记得，走出大门时，小欢回头看了一眼院墙石柱上的门牌。

吴妈是在突然降临的雨点中称好了三个白萝卜和一块牛肉的，又和摊主讨价还价了一番。伸手接住落到眼前的几滴雨，正等着吴妈付钱时，江枫回头，这才猛地发觉，小欢已经不见了。

"真是作孽啊，"刘兰芝朝着回到家中的吴妈一阵跺脚，"这回是出大事了呀，这么大一个上海，你说上哪儿找去啊?"说完，即刻拿起桌上的电话，拨通了特工总部毕忠良的办公室号码，电话一直没人接。刘兰芝又拨下了秘书室李寻烟的号码，李寻烟说毕处长要明天才能回来，本来他也是要跟着去南京的，可是有一些紧急公务要处理就留下来了。李寻烟说完又关切地问夫人有什么吩咐。

刘兰芝尽可能详细地描绘了小欢的模样，没有左臂的细节说了不下十遍，这是刘兰芝第一次语无伦次地在外人面前说话。

一直到这一天的傍晚，江枫才出现在愚园路的寓所里。此前的整个白天，他站立在海半仙家的门口望眼欲穿，陪他一起等候的是田小七和趴在田小七脚下的乌云。

再次回到刘兰芝面前的江枫像一只被雨打湿的候鸟。

"隔壁的几条大街都找过了。"江枫摇摇头虚弱地说。那一刻，他颓丧地跌坐在门廊外的台阶上，任凭众多的思绪在脑中烟尘般翻滚。他实在不能明白，到底是从哪一天开始，周遭的一切，都变得无法挽回又无能为力。想到这些时，他终于没能止住滂沱的泪水。记忆中的酸楚和天地间的雨幕一起到来，从杭州到上海，又从五月到安娜。

江枫又扎进了黑夜里，他不知道该去哪里找小欢，但是他知道小欢一定也在找他。

刘兰芝一直在客厅里等电话，吴妈低着头站在沙发旁边，好几次催她先吃点东西，可是刘兰芝手撑着脑袋不理她。晚上八点钟的时候，李寻烟的电话终于打来了，他说租界工部局警备委员会的朋友来电，他那边刚带回一个没有左臂的女孩子，自称是毕处长的亲戚，问是否过去核实一下。

刘兰芝在电话的这头拍拍胸脯，哎哟哟地喊了几声，大声说道："那你快点安排车子来接我。肯定是我的小欢没错的呀！"

挂了电话的刘兰芝望向厅堂里高挂着的耶稣像，开始虔诚祈祷，祈祷小欢平安归来。

李寻烟来的时候，吴妈已经为刘兰芝撑着一把伞，等在路口了。一路上，裹着披肩的刘兰芝在暖和的车厢里依旧瑟瑟发抖。

见到刘兰芝的那一刻，小欢第一时间冲进她的怀里，哭着喊道："姑妈，对不起，我走丢了。"

"这孩子第一次来上海，也难怪的。"朋友殷勤地说，"本来是理当我们送孩子回府上的，考虑到这年头外地流民太多，人员混杂，就只能麻烦毕太太亲自跑一趟了。"

回来的路上，刘兰芝一直紧拥着身边的小欢。问清小欢为什么走丢时，她的双眼即刻潮湿了。小欢说她想回头给父亲和吴妈拿上一把雨伞，可再也找不到回家的路，也找不到去菜场的路了。

那晚，已经在床上躺下的小欢突然又坐直了身子，对着因走失事件惊魂未定的江枫，目光凌厉地说："大毛叔叔是不是在骗我们？"

"你想说什么？"江枫简直累得说不出话来。

"我昨天找遍了这屋里的每个角落，今天又去了愚园路的76号，根本就没有妈妈的影子。"在小欢的叙述里，江枫得以了解全部的实情。事实上，就连昨天的野猫也是她临时编的，而早晨离开菜场后的小欢，是在一路寻找愚园路的76号，到达那里的花园洋房后，铁门一直是紧锁的。围墙头顶的铁栏杆下，小欢踮起脚尖，声音响亮地叫喊了无数次"妈妈"，回应她的只有隔壁院子里一条被铁链锁住的狼狗。路旁热心的摊主告诉她，这房子已经空了半年多了，里头根本没人。周身被雨点打湿的小欢后来蹲坐在铁门前，在一阵疲倦中陷入睡眠。是路过的巡捕踢醒了她，又在一阵盘问后将其扣留……

江枫终于想起，那天在海半仙家，他和大毛一行人谈话后，小欢曾朝他大喊，她已经知道了安娜是被毕忠良抓的，而且被关在76号。所以，最开始小欢以为安娜就关在毕忠良家，寻找无果后，第二天出门时她才会特别留意家门口的门牌号，发现不是76，她又推测76号应该是毕忠良家所住的愚园路的76号。她哪里会晓得关押安娜的76号是汪伪特工总部的办公地点：极司菲尔路的76号。

"你以后不能再这样了。要去哪里，必须告诉我。"江枫很严肃地把话说完后，又补充了一句，"他们说的76号是另外一个地方，你根本就去不了。"江枫实在庆幸小欢的应变能力如此之好，才没有被巡捕识破真实身份。

小欢默默点头，眼光中有了一些悔意。

江枫和小欢都不知道的是，就在小欢对着围墙叫喊安娜的不远处，依次排列的一溜院子里，曾经分别住着特工总部的李士群、吴四宝以及他们的顶头上司周佛海。

小欢躺在床上一直难以入眠，直到听到另一张床上的江枫均匀的鼾声后，她又坐起来，拧开了床前的灯，从包袱里掏出她心爱的日记本，将昨天和今天发生的事写下来告诉妈妈。小欢写完日记，关灯躺下后，又迅速地爬了起来。她忽然意识到这本记着重大秘密的笔记本其实应该留在海爷那儿，而不应该带来这个家里，可是她又怎么舍得，于是小欢琢磨了好一阵子，最终决定藏在厚厚的垫被下面。

3

毕忠良的车子驶进愚园路后，暮色掩映的天空中又飘起一场小雨，密密斜斜地像一块连接天地的织锦。提前下车的李寻烟为他打开车门，昏黄的街灯下，毕忠良抬头望了一眼熟悉的上海，几滴凉爽的雨水钻进了这个中年人幽深的眼里。

"不早了，你也回去吧。"毕忠良面无表情地对身前的李寻烟说。

"待处长进门后我再走。"李寻烟毕恭毕敬地回道。

李寻烟原本是共产党的一名电讯高手，为了荣华富贵投靠日军，出卖同事战友，交出了地下党的电码本，又辗转得到了毕忠良的顶头上司周佛海的赏识。一九三九年九月五日特工总部76号成立，周佛海有心提拔李寻烟成为特工总部电讯科的科长，后经毕忠良阻挠，这事终于作罢，但周佛海却决定让李寻烟做毕忠良的机要秘书。那一次他拍拍毕忠良宽阔的肩说道："人心是需要考验的，所以放在你眼皮子底下，用你的火眼金睛烤一烤，若是真心投诚，该重用的还是要重用。"

毕忠良自然明白周佛海的意思，不仅是要他考验李寻烟，恐怕更是让这个叫李寻烟的共产党投诚分子来监视他的一举一动。可是他却必须欣然接受，因为这是周佛海的命令而非建议。所以，做了机要秘书的李寻烟越是小心谨慎、唯唯诺诺，越让毕忠良视其为眼中钉、肉中刺，欲拔之而后快。

毕忠良转身摁响石柱上的门铃，很快，吴妈一阵疾跑的声音就从里头一路传来："来了来了，肯定是先生回来了。"

那一刻，李寻烟收起笑脸，看着毕忠良的背影，双目却不时闪进愚园路上飘扬的柳絮。恍惚间，他似乎看到了一条宽阔的大河，河的两岸杨柳飘舞、果树林立，俊朗的小伙子正在追逐笑靥如花的未婚妻，他对她说："你的笑脸比红石榴还要美丽。"李寻烟双手的食指颤抖了一下……

一直到吴妈扣上门锁，里头又传出刘兰芝喜悦的声音时，李寻烟才让自己的车在细雨中静静驶远。

毕忠良厚实的皮鞋尚未踏上台阶，满脸忐忑的江枫和小欢就已经站立在门廊外如白昼般的灯影中。这天，刘兰芝让吴妈将一楼所有的灯都点亮。

"老毕，你快看，是谁来了。"

早在回家的车厢里，毕忠良就从李寻烟的嘴里得知刘家亲戚到来的消息。现在，望着一高一低的两个身影和他们局促不安的面容，他将右手的公文包换到了左手，笑容可掬又声音爽朗地说："让我看看，咱们的菜刀兄弟身上是刘家怎样的血脉。"

江枫躲闪着毕忠良的双眼，脸上是僵如枣核般的笑。

"姐夫！"江枫的声音有些迟缓，像是不甚确定般地叫了一声。

程式化的寒暄后，江枫推了推紧贴在自己腰间的小欢，示意她向毕忠良问好。小欢却只是低着头用目光摩挲着两只鞋尖。小欢没想过她会害怕，可自从昨天被刘兰芝从巡捕房接回来以后，她意识到想见到妈妈是一件非常难的事情，那么抓妈妈的人一定是个很可怕的人，这么想着，她就不由自主地害怕起来了。

"好了好了，别再难为她了。我早说过，孩子见了你肯定要怕的。"刘兰芝上前解围道。

刘兰芝推着毕忠良的肩膀走进了客厅："你快进去看看，今天是什么日子。"

厅堂正前方的香几上，摆在正中的是一碟糕点和一盘水果。靠近墙壁的香炉上，三根檀香正在袅袅升烟。

"可辛苦菜刀的一份孝心，若不是他提醒，我哪还记得乡下的这些规矩。今天是我爹五周年的忌日，在我们老家，逢五和十是要摆酒祭拜祖先的。"刘兰芝的话还没说完，眼光中就生出了一些泪影。转头抹去后，江枫将六根刚刚点燃的檀香送到她的手里。

"姐，和姐夫一起再拜一下。"江枫说，"求大伯伯保佑，一家人平平安安、幸福美满。"

在毕忠良回来之前，江枫和刘兰芝已经拜过了刘兰芝过世的父亲和刘家其他的先祖，那时，小欢跪在他们两人的中间。在一旁伺候的吴妈，把一双眼看得热乎乎的。

吴妈后来一直坚持着不让江枫下厨。她说今天日子不一样，事情该交给她来做。

江枫却追到厨房里执拗地说："吴妈，你忘了我来上海就是干活的吗？"

吴妈乐呵呵地答应道："好！菜刀兄弟，那我给你帮忙。"

事实上，江枫是害怕坐在客厅里面对毕忠良。

江枫烧了两个菜，素雅的小葱拌豆腐和色香味俱全的红烧鲤鱼。刘兰芝唤他一起吃饭，吴妈才接过他手中的锅。

江枫在桌边对着刘兰芝和毕忠良说："这个豆腐是清清洁洁，鲤鱼呢是红红火火。"

"说得不错，"毕忠良说，"祭拜祖先，图的就是个吉利。"说完，将半杯黄酒倒入了嘴里。再倒酒的时候，他说："菜刀，陪姐夫喝一杯。"

江枫装作慌张的样子，摇头摆手，夸张地讲道："姐夫，我是一滴酒都喝不了。我爹出殡的时候喝了一碗酒，躺了两天才醒过来。真喝不了。"江枫涨红了脸，接连说了好几次喝不了。

毕忠良笑了，他又喝下一口黄酒的时候，对江枫说道："菜刀啊，男人都该喝点酒。"

"姐夫，这你就说错了，是英雄的男人都得喝点酒。"他端起饭碗，装作一脸愚昧的样子笑道，"我一个烧饭的，喝不了酒很正常。"

刘兰芝也笑了，觉得家里有笑声真好，可夹了一筷子红烧鲤鱼送进嘴里，她立刻皱起了眉头。"辣味好重啊，呛得我掉眼泪。"刘兰芝说。

毕忠良却摇头说："不会啊，我就喜欢这个。上海吃不到这样的烧法，真是好！上海菜太甜太软了，其实真的不适合我。"都说食物能勾起人的思乡之情，看来果真是有道理的，毕忠良难得抒发内心的感情，几句话听得刘兰芝热泪盈眶地看着堂弟，脸上溢满了感激和幸福。

小欢怯怯地接话道："我爸烧的爆炒螺蛳更加入味，但也还是辣。"

"这叫辣得过瘾。"毕忠良笑着又喝下一口黄酒。

江枫一直看着眼前的毕忠良。决定来愚园路后，大毛兴奋地搓着手掌说："现在的关键是你要赶紧学着烧菜，咱们的家乡菜。"

"这个或许倒不用学，"江枫说，"我有把握。"

大毛还是不够放心，说："你毕竟离家多年了，走，我带你去一个地方，那里烧的菜最合我和二毛的胃口。"

第一次走进那家小酒店的后门，江枫觉得里头烟熏火燎的油烟简直将厨房熏成了一座庙。一阵油焖尖椒的辣呛味猛地扑向鼻尖后，他即刻从厨房里抱头鼠窜，趴在墙角处连着打了无数个喷嚏。

"需要这么辣吗？"江枫涕泪交加地问。

"说实话，我也没有个准头，有备无患吧。"而后，大毛又交代江枫，把酒戒了，不喝就不会醉，万一喝醉了，那保不齐要出什么大事！江枫点点头说这个他晓得的，尽管他的酒量是极好的，但酒还是不能喝了。

毕忠良后来端着酒杯问江枫："菜刀，你女儿这手是……"

还没等毕忠良问完，刘兰芝就支着手肘撞了他一下，皱皱眉说："你呀，就不能说点开心的吗？"

"没事，姐，都过去了，平安就好。"江枫笑着说道。

小欢偷偷望了一眼江枫。

那天回到卧室里，坐在床头的小欢急不可待地说："你今天说了一箩筐的话，但是你以前不是这样的。"

江枫说："今天我比来这里的第一天还要紧张，于是就使劲地说，不停地说，那样我就没有工夫去紧张了。"

"江枫，那你说说看，我今天的表现怎样？"小欢又问道。

"你该叫我爸。"江枫故意沉着脸说。

"好吧，只要你能帮我找到妈妈，你说什么都行。"小欢躺了下来。

当晚，江枫能感觉到小欢在床上的辗转反侧。"你在想什么？"江枫问。

"我在想，接下去会怎样，"小欢轻轻地说，"我有点替你担心。"

江枫睡意全无，脑海中翻腾不已，他不得不回想起毕忠良那对细长的眼袋，像是一双静卧的狮子。初次相见，他目光如炬，折射出洞若观火般的缜密心思，让江枫不寒而栗。

在晚饭后吴妈收拾碗筷的时间里，毕忠良正要抬脚上楼，又回转过身问江枫："小欢的那只手是?"

"我们一家三口原本在杭州住了多年，一九三七年的十月，日本人的飞机炸塌了杭州火车站，那时我们正准备上车回老家。孩子她妈是杭州本地人，就是那天过去的。一同被炸的，还有小欢的那只手臂。"江枫第一次与毕忠良幽深的目光对视，他害怕，但还是将心中早有准备的话说完了。江枫知道这是必须要过的第一关。

一直到江枫把话说完，毕忠良才抬起右手制止，说："过去的事，以后就不再提了。"

躺下的江枫还想对小欢说点什么时，小欢已经进入了梦乡，只有她的两只小脚丫露在被子外面。天气到底是热了，而且这孩子天生不怕冷，江枫一边笑笑，一边起身帮小欢的脚丫盖上被子。他再次躺下后，又开始细细回忆见到毕忠良后的每一个细节，确定没有漏洞之后，江枫又想：他此行的目的就是在最短的时间内摸清毕忠良的行踪，多一日则多一分暴露身份的危险。可是毕忠良总归是在特工总部的时间多，而且在单位里该更能了解他每日的行踪，更重要的是那里关着安娜……江枫的心情迫切起来。可是总不能贸贸然地提出要去毕忠良工作的地方照顾他的饮食，那反倒是要引起人怀疑的。江枫想，只能见机行事了。

第二天一早，毕忠良回到办公室的第一件事就是将李寻烟叫到跟前，说道："去查一下，一九三七年的十月，有没有飞机轰炸过杭州火车站。"

李寻烟躬身作答道:"毕处长,这个不用查,我知道。杭州火车站的两个鸡窝顶,曾在那年十月遭受轰炸。鸡窝顶被炸掉了其中一个。"

"什么是鸡窝顶?"

"是这样的,处长,因为从远处的山上看,杭州火车站那时就像两个鸡窝顶,于是杭州人就这么叫了。"

"你怎么晓得得这么清楚?"毕忠良目光一闪,狐疑地看着李寻烟。

"我是余杭人,杭州也是老家了,所以关注过。"李寻烟依然躬着身。

昨晚,毕忠良和江枫一样睡得不够踏实,一双耳朵始终静不下来。从收到刘菜刀的回信到他们来,日子可有点长了。躺在床上的毕忠良对刘兰芝说:"该让你兄弟住到办公室那边去。"

"这事我听你的,原本就是为你叫来的。"刘兰芝一口答应,但想了想又压低声音问道,"孩子是不是就留在家里?"

毕忠良想了想,在思绪安定后才拍了拍怀里刘兰芝的肩头说:"操心的事都留给我吧。能有个孩子陪着你,日子就不会那么枯燥了,好事情,好事情。"

大毛盖紧头顶的帽子，低垂着双眼，一路停停走走地尾随着江枫来到沪西的六大埭菜场。

提着菜篮的江枫蹲在一堆蔬菜前，摘去几片烂叶子后，将几棵挑好的白菜放进摊主的秤盘里。

"兄弟买这么多菜啊？"大毛在他身后提了提帽檐。

回头的江枫，即刻就想抓起一株白菜向大毛砸过去。

两人一前一后，四目环顾着，走到一个僻静的角落。

江枫将菜篮扔在了地上，一屁股坐下后埋怨道："我真后悔听信了你的鬼话。"

"好人做到底，送佛送到西。还是那句话，这也是没有办法的办法。"大毛握住江枫的胳膊说，"你多担待着。"

"你让我怎么担待？我现在一个人在76号，小欢却被留在他们家里。我都快疯了，锅里该放盐的时候撒下的却是糖。"江枫挥开大毛的手，举起双手抓抓头发，一脸痛苦的模样。

"你就不能想开一点？"大毛一直不喜欢江枫的满脸忧愁。

"兄弟，我将近三十年没动过的脑筋，现在每天转得跟陀螺似的，你让我想开一点，可我原本就是一根木头，现在却要揉捏成一个要方是方要圆即圆的面团。我早晚有一天会露出破绽的。"江枫垂下手臂，双眼睁得跟铜铃一样瞪着大毛，又急急地吼道，"小欢，她独自一人在毕家，我更担心她会撑不下去。"说到小欢，江枫突然激动起来，扑过来一把捏住大毛的衣领，恶狠狠地骂道，"她还是个孩子啊！她凭什么承受这些！"不等大毛躲闪，内心焦虑的江枫一拳挥在大毛脸上，他似乎将所有的力气都押在了这一拳上，以至挥完一拳的他瘫倒在地，浑身颤抖，气喘吁吁。江枫打出的不仅是一记重拳，更多的是内心的气愤、焦虑、痛苦。

"做内线就是这样，你得适应。"大毛捂着脸说道。

"我的小欢怎么办？"江枫显然到了忍无可忍的地步。

"只要你没事，小欢就不会有事。"大毛虽然这么说着，话音却是缓和了许多，又岔开话题说，"小欢能想到尾随你到愚园路毕家，这一点就足以证明这个孩子不简单。"

"我不跟你讲这么多大道理，你有没有想过，小欢可能已经没有妈妈了，可以前至少还有我陪她，而现在她每天一觉醒来，身边却没有一个亲人！"

大毛终于扭过头去，很长时间不再吭声。

江枫拿起篮子要走时，大毛盯着江枫沉重的背影说："是否能速战速决，一切都取决于你！只要有毕忠良出行的确切消息，就来这通知我，从明天开始我每天都会在这卖牛肉。"

那时，江枫面朝狭长灰暗的天空，声音虚弱地说道：
"《红楼梦》里是怎么说的，'假作真时真亦假''眼前无路
想回头'。"话音刚落，天像是骤然黑了下来。

现实也的确就像一场繁复的梦。在76号的最初一个星
期里，尽管江枫每天都会去门房打电话到毕家跟小欢聊几
句，可每天半夜醒来后却惝然不知自己身在何处。很久之
后，他才会回过神来，楼道里偶尔响起的脚步声像是来自
另外一个世界。于是，先是孤苦的小欢，再是不知身在何
处的五月和近在咫尺却不得见的安娜，之后又到了海半仙
和小七、大毛、二毛，还有那个只见过一次面的陶大春，
那么一大堆人影，就在江枫盈满泪的眼眶里如同一群鱼儿
般进进出出。

江枫望着四周空洞的墙壁，顿时觉得糟心的荒唐和恍
若隔世的凄凉。

在行动处食堂厨房外的屋檐下，李寻烟俯身对着低头
洗菜的江枫说："刘师傅，这些事让别人去做好了，你是毕
处长的亲戚，不用事事亲为。"

江枫抬头，有点不知所措。

"来了这么多天，也没能跟你说上话。我是毕处长的秘
书，我姓李，有什么事情，你直接找我就是。"李寻烟又
说道。

江枫于是站起身子，在围裙上擦了把手，咧开嘴笑笑
说："忙惯了，停下来也手痒。再说，闲着也是闲着，总不

能每天搬条凳子晒太阳。"

"夫人说得没错,你就是一个实诚人。"李寻烟继续跟江枫套着近乎,"不过,食堂里的那些琐事你可以少做,只管毕先生的饮食就行。他的胃口好,我们行动处的运气就好。毕先生经常夜里审讯,你倒是可以为他准备点消夜。"

江枫点头道:"那我就知道了,李秘书。"

李寻烟要走的时候,又转过身来,目光闪烁地说:"你女儿的那条手臂真是可惜了。但能有这么懂事的孩子,真是你的福气。"他停顿了几秒,从裤袋里掏出一个方盒递给江枫说,"人总有不如意的时候,缺憾未必就是坏事。这盒子里是把剃须刀,你用用看,是否顺手。"

江枫双手接过盒子,一时竟窘迫得无言以对,只能默默地目送李寻烟挺拔的身子踩着锃亮的皮鞋远去。

自打江枫离开愚园路后,小欢几乎每天坐在门廊外的花岗岩台阶上,在微风中拢起袖口,微屈身子,一声不响地望着不远处的铁门。

"这孩子,是在想她爹。"吴妈向刘兰芝使着眼色,轻声说道。

"小欢,你怎么又坐地上了?春天更容易着凉。"刘兰芝上前心焦地说。

"这倒不碍事,乡下孩子地上坐惯了,屁股上有七粒火的。"吴妈说。

海半仙和田小七有了大毛、二毛的照顾,生活得到很大的改善，也从大毛、二毛口中得知了江枫和小欢的近况。田小七很担心小欢一个人留在毕家，可是所有人都警告他，如果希望小欢安全，就不准靠近她。田小七还是按捺不住，瞒着海半仙带着乌云到愚园路上去，期待能与小欢见一面。每次走到愚园路路口时，大人们的警告就如暴风一般扑面而来，田小七顿时手脚一软，蹲在路口，不再向前。乌云则趴在田小七的身边，发出低沉的呜呜声，一待就是一天。尽管知道不能见小欢，但田小七还是不由自主地带着乌云往愚园路走，似乎蹲在那个路口，他的心就离小欢近一些，就能保护小欢似的。

那天，江枫收拾行李说要去76号时，小欢当着刘兰芝的面，按住了心头的喜悦。"那我这就去收拾衣服。"小欢说。

"你暂时不用去，"毕忠良放下手中的紫砂杯说，"在家多住几天。"

"为什么？"小欢的眼光中有着失望和委屈。

"在家陪你姑妈，好不好？"毕忠良起身走向小欢，又蹲下身子，言语和蔼地说。

"听姑父的，小欢。"江枫赶紧上前摸摸她的脑袋，手掌落下时，两个指头顺势捏了捏她的脖子。

吴妈打开门锁，江枫撑着黑伞停滞片刻后回转头来，目光中像是融进了很多言语。再次抬脚后，他便跟随毕忠良的脚步消失在铁门处。在一场纷飞细雨中，不等身后的刘兰芝开口劝慰，两串热泪便从小欢闪动的睫毛间夺眶而出。

刘兰芝看着闷闷不乐的小欢于心不忍，好几次想说送孩子去行动队跟她爸爸一起住，但每次都是话到嘴边又咽了回去，一是不舍得小欢离开，二是担心行动队那个地方会吓到小欢。吴妈看出了太太的心思，端上一杯参茶，劝说道："太太别伤神了，小孩子最好哄了，让她出去玩玩就开心了。"

倚在沙发上的刘兰芝淡淡地说了一句："现在的上海滩一点也不太平，我都不高兴出门，怎么放心小欢出去玩。你忘记前几天她走丢的事情啦！"

吴妈将参茶放在茶几上，又笑着说道："您可以带她一起去玩的呀，您不是每个周末都要去孤儿院看小孩子的嘛，带小欢一起去，小孩子嘛，就是要找伴的呀。"

刘兰芝一下子坐起来，脸上有了笑意，她看着吴妈说："对的呀，我可以带小欢去猛将堂孤儿院看那些小孩子。上周小欢他们刚来，我都没去。"刘兰芝激动地站了起来，她朝门口喊，"小欢，小欢，你快进来，姑妈有话同你讲，姑妈明天要带你出去玩嘞。"话音刚落，刘兰芝又赶紧吩咐吴妈道，"你待会儿上街去买一些面包和糖果。"

"晓得嘞，太太。"吴妈轻快地应道。

"多买一点哦。"刘兰芝迎着进门的小欢走上前去，又扭头再嘱咐吴妈一句。

晚上，毕忠良回家时，小欢在门口迎他。叫姑父的时候小欢说道："姑妈明天带我去孤儿院做义工，我还没去过孤儿院呢！"小欢主动地拉住毕忠良的手，又伶俐地讲道，"姑妈说做义工就是陪那些小朋友们玩，给他们带好吃的食物去。"

毕忠良会在小欢面前露出难有的亲切笑意，有几次刘兰芝故意装作不高兴的样子讲，真没想到你还会笑。那时候毕忠良就搂着妻子的腰说道，那是因为我知道你喜欢小欢，对待你所喜欢的人应当要好一点。

此时，毕忠良蹲下身子，看着小脸白嫩的小欢，微笑着点点头说："好啊，陪姑妈一起出去，顺便让姑妈带你去百货大楼逛逛，喜欢什么同你姑妈讲。"

"老毕，快进来，要吃饭了。"刘兰芝出来迎毕忠良，当她走到屋檐下看着自己深爱的丈夫看小欢的眼神时，她的心顿时裂成了碎片。其实她的心早已经裂痕累累，此刻，门口那一老一少、如同一对父女的两个人，像一颗炮弹击中了她伤痕累累的心。

毕忠良站起来，笑脸迎上妻子的叫唤，他并没有察觉刘兰芝情绪上的波动。刘兰芝惨白的面孔持续了几秒，等毕忠良靠近她时，已经缓和过来，她接过毕忠良的公文包，稍稍低下了头。

"明天我让队里来辆车送你们去。"毕忠良说道。

"不用，跟以前一样，坐黄包车就好了。"刘兰芝抬起头，眼神温柔地看着毕忠良。

第二天吴妈叫的两辆黄包车在家门口等着，刘兰芝牵着小欢坐上了一辆，吴妈拿着两篮子吃食坐上了后一辆。刘兰芝说："师傅啊，去猛将堂孤儿院。"

小欢听到灰黑色的布帽下传出一句："好嘞，太太、小姐，你们坐好。"小欢灵秀的双眼盯着拉着他们的黄包车夫。不久前江枫还在街头拉客，她像一根细长的尾巴一样跟在后面，田小七背着擦鞋盒和乌云跑在前面，他们跟着江枫的黄包车跑遍了整个上海滩。

车夫拉得平稳，可是小欢却突然浑身一颤，刘兰芝问："怎么？冷吗？"

小欢怔怔地看着刘兰芝，答不上话来，脸色有点难看。

刘兰芝赶紧搂住小欢，喊车夫掉头，她要回去给小欢拿一件外衣。

小欢摇摇头说不用了，可是刘兰芝说要要的，今天风大，还说春天是最容易受风感冒的。

小欢佯装安静地让刘兰芝搂在怀里，她看着这个十分心疼她的女人，思念妈妈的情绪烧得愈发旺盛。小欢并不是因为冷而颤抖，而是突然想到，如果刘兰芝或者吴妈坐过江枫拉的车……但小欢很快平静下来，确定刘兰芝一定没有坐过江枫的车。如果她们曾经坐过江枫的黄包车，就一定会对车后跟着一个缺失了左臂的女孩记忆犹新，那么他们进入毕家的第一天就会穿帮。当然，这样的可能性还是让人后怕的。

黄包车拐进余庆路的时候，刘兰芝对小欢说就快到了，她把猛将堂孤儿院的名字又跟小欢说了一遍。小欢欣喜地看着四周，她要尽可能地记下来，等到夜深人静的时候，把一整天发生的事情都写进本子里，讲给妈妈听。

忽然，小欢的眼神一滞，路边篱笆墙上挂着一张印满了五颜六色的小手掌的白布，她还来不及细看，就真切地听到一句："一爬爬到头顶上，到处都是亮堂堂……"

"这不是妈妈跟我一起合作的儿歌吗？为什么这里有人在唱？可惜刚才只听到最后一句就停了，真想停下来再听一遍啊！"可怜小欢的心瞬间吊起十五个桶，七上八下，不知如何是好。黄包车稳步向前，小欢下意识地往后看，这样的举动引得刘兰芝也往后张望。

刘兰芝笑着摸摸小欢的脑袋说："那是一家幼儿园，好像叫，叫什么小手掌幼儿园。"刘兰芝举起手来摇了摇，又十分肯定地说道，"是的，是叫小手掌幼儿园。"

小欢完全沉浸在自己的心事中，没有理会刘兰芝。

刘兰芝说到小手掌的时候心疼地望了一眼小欢，摸摸她的脑袋说道："小欢是想读书了吧？那是个幼儿园，你该读小学啦，等过阵子吧，等你熟悉了这里的环境，我让你姑父安排送你去学校。"刘兰芝揽过小欢的小脑袋靠在自己的肩上，在心里说："小欢，你就是姑妈的女儿，以后再也不会有苦难，我可怜的孩子啊。"素来喜欢孩子的刘兰芝现在已经将小欢看作心头肉，尽管小欢缺了一条胳膊，但在她眼里是那么聪慧可人、乖巧伶俐。

6

猛将堂孤儿院的院长是个五十几岁的老妇人，头发花白，慈眉善目，得知刘兰芝今天要来，在门口迎她。刘兰芝称她王院长，小欢跟着叫王院长好。

寒暄过后，刘兰芝让王院长顾自己去忙。王院长点点头，笑着说，请毕太太随意。

王院长刚要转身，刘兰芝又问："皮皮这两周怎么样？"

王院长摇摇头："那孩子还是老样子，不说话。"她看着刘兰芝欠欠身子谢道，"毕太太有心了。"

顺着王院长手指的方向，刘兰芝和小欢远远地看到院子里草坪的另一头，一个孩子正蹲在地上，像是在发呆，像是在数小石子，也像是在观察小蚂蚁。他的周围十几个孩子正在追逐打闹，一个奔跑的孩子无意之中撞倒了他，可他却重新蹲好，连头也不抬一下。

刘兰芝拉拉出神的小欢说道："那就是皮皮，他性子有点安静。"

"西医说是受到精神创伤导致的。"王院长轻轻地补充了一句。

"精神创伤？"小欢并不理解精神创伤的含义，又问道，"什么是精神创伤？"

王院长解释道："就是强烈的精神刺激。皮皮的父母在空袭时遭遇了不幸。"

小欢看到皮皮再一次被一个小朋友撞倒的时候，扔下刘兰芝和王院长朝草坪尽头跑去。刘兰芝在她身后喊，王院长摆摆手道："毕太太，没关系的，孩子有自己的世界，我们不要过多地打扰。"

"哦。"刘兰芝应了一声，想起带来的食物，赶紧喊道，"吴妈，快把吃的拿到屋子里去。"

皮皮这次是被一个胖胖的男孩撞倒的，他不仅没把皮皮扶起来，还正抬起脚想踹皮皮的屁股。小欢一把将他推开，缺了左臂的小欢，似乎全身的力量都集中在了右手上。胖男孩被推倒在草地上，他麻溜地站起来，指着瘦弱的小欢吼道："你是新来的吧！竟然敢推我，让你瞧瞧我的厉害！"说着他举拳要打下来，周围的孩子拦住他，朝他使眼色。胖男孩瞅到了草坪那头的王院长和总是来看他们、还特别关照皮皮的毕太太，知道眼前这个小丫头有来头，于是放下拳头，招呼小伙伴们到旁边的草坪玩去了。

小欢单手叉腰，怒气冲冲地瞪着十几个活蹦乱跳的背影，等他们走远了，小欢低下头喊："皮皮。"

皮皮像是没听见似的，依旧低着头。

小欢走到皮皮身前也蹲下来，她问道："皮皮，你在看什么呀？"

皮皮还是没有回音，幸好他的眼皮还会眨动，不然小欢真会以为皮皮是个木头人。

小欢顺着皮皮呆滞的目光往草皮上看，既没有虫子，也没有露珠。小欢忍不住又问："皮皮，我跟你说话呢！你到底在看什么呀？"

"小欢。"刘兰芝到了身边，"皮皮，阿姨来看你了。"

刘兰芝蹲下身子的时候皮皮抬起头，面无表情的他一下子嘴角上扬，给了刘兰芝一个温暖的笑脸，但是依旧没说话，马上又继续低头看青翠的草皮。

小欢拉起刘兰芝走到一边："姑妈，他还真奇怪，别人欺负他，他也不生气，我帮助他，他也不感谢我，理都不理我。"小欢这么说的时候，有些明白了王院长口中精神创伤的可怕。

"没关系，"刘兰芝轻声对小欢说，"我们要帮助皮皮。"刘兰芝侧脸看了一眼专注的皮皮，又对小欢说道，"帮助别人会让自己快乐，我每次来都安静地陪陪皮皮，所以他会对我笑。其实他很聪明，什么都明白，就是不愿意说话，但是我想他一定会战胜自己的。"刘兰芝握紧小欢的手，神情严肃，仿佛交给她重要的任务一般，认真地问道，"小欢，你愿意帮助皮皮对吗?"

小欢看着蹲在那儿的皮皮，若有所思地点点头。

刘兰芝要去屋子里准备吃的，给小朋友们分享，她请小欢照看皮皮。走出一截路的刘兰芝微微转身，看着两个安静的孩子，心里头有些高兴。她知道善良的小欢一定会十分关照皮皮的，那么，有事可干的小欢就不会一天到晚因为记挂爸爸而愁眉苦脸了。

乌云是突然之间冲到小欢和皮皮面前的，身后跟着的田小七跑得气喘吁吁，还是没能拦住它。原来田小七和乌云看到小欢坐黄包车驶出愚园路时，就不由自主地跟上了，在孤儿院外，田小七一直拉着乌云，可是乌云却趁田小七在树下小解的时候，不管不顾地冲向了小欢。

乌云像久别的好友一般扑向小欢，吓得毫无准备的小欢哇哇大叫，一旁的皮皮也吓得一屁股坐在地上，从他的喉咙里喊出一个长长的干瘪的"啊"字。追上来的田小七连忙拉起乌云，听到叫喊声的王院长、刘兰芝和一大群孩子也赶了过来。

刘兰芝把小欢护在怀里，上上下下、前前后后查看了一番，焦急地问她咬着没，痛不痛。

小欢趁刘兰芝慌乱之际，挤眉弄眼地看着田小七。

田小七给小欢赔不是道："对不起，我叫田小七，就住在附近。我的狗喜欢滚草坪，没注意，它就跑进来了，真没想到会把你扑倒。"田小七这么讲的时候，还伸出手去揪乌云的大耳朵。

"汪!"乌云也不躲,只朝久别了的小欢大叫,似乎在说,"你怎么不认识我了呀?"

"唉,你别揪它呀,我没事。"小欢不由自主地伸出手去摸乌云的背,刘兰芝想拦,可是小欢已经摸上了,笑着嚷嚷,"多好看的大狗啊!"

"汪!"乌云又叫了一声。

田小七故意跟小欢介绍道:"这是德国牧羊犬,它叫乌云。真对不起了!"

"哦，乌云，看来它很喜欢我呢！"小欢笑了，她轻轻地摸着乌云的背，蹲下来，乌云竟然也跟着趴下来。这一幕看得刘兰芝和四周的大人、孩子都目瞪口呆的，刘兰芝激动地对身旁的王院长和吴妈说道："我侄女儿老有灵性嘞！"

谁也无暇顾及被挤到人群外的皮皮，他木讷地站在那儿，还在为刚才突然奔来的大狗吓得浑身发抖。小欢想到了皮皮，她叫了一声"皮皮"，大家才开始寻找皮皮的身影。发现他在人群外时，小欢站起来，把皮皮拉过来，一起蹲在趴着的乌云身旁。

"皮皮，这是乌云，它一点也不可怕，来，"小欢拉着皮皮的手往乌云背上放，"别怕，摸摸它。"皮皮想把手缩回来，小欢却不放手，又说道，"我们一起摸摸它，看，它那么乖。"

刘兰芝从皮皮闪烁的目光中看到了他对小欢的信任，当两只小手放在乌云厚重的皮毛上时，周围响起了一阵掌声，带头鼓掌的是王院长，她对孩子们说："大家给皮皮一点掌声，皮皮真勇敢！"

皮皮的小脸红得跟苹果一样诱人。

"你们每个人都可以摸摸，乌云很温顺的。"田小七招呼着站成一圈的孤儿院的孩子们。

王院长组织小朋友们去草坪上，边做游戏边等着刘兰芝分享食物。小欢对刘兰芝说："姑妈，你们先去，一会儿我带皮皮一起来。"

刘兰芝笑着点点头，还招呼田小七待会儿一起来。

看着刘兰芝远去的背影，小欢拍拍胸脯，轻声念叨："吓死我了，吓死我了。"喘着粗气的小欢像是卸掉了千斤重担。当小欢得知田小七每天都蹲在愚园路路口时，差点儿没掉出眼泪来。

小欢吸了吸鼻子，轻轻一拳打在田小七的肩头。

"哎哟，"田小七佯装摔倒，他又笑着说道，"你真凶！"

田小七的口袋里滚出一个小小的牛皮纸包，他对伸手来扶他的小欢和站在一旁的皮皮说："吃炒花生，可香啦！"

皮皮连着吃了几颗花生，突然看着田小七说："还有吗？"

小欢惊喜地抓住皮皮："皮皮，你刚才说什么？"

"他问我还有吗。"田小七并不知道小欢为什么要这么激动，把手中包着花生的牛皮纸递给了皮皮。十几颗油光闪亮的炒花生在牛皮纸里晃动着，像十几颗小脑袋同时摇摆起来似的。

皮皮坐在草坪上，一颗花生进了他的嘴巴。

小欢压低了声音对田小七说："皮皮不喜欢说话，我姑妈说他从来没跟这里的人说过话。"

田小七瞪大眼睛，一脸惊恐的模样。

"他竟然跟你说话了。你真厉害！"小欢给田小七竖起了她的大拇指。

当他们转身看着皮皮的时候，皮皮对他们笑，又问了一句："还有吗？"声音很清晰，很响亮。

"还有吗？"田小七突然哈哈大笑起来，连着说了好几个"还有吗"。小欢追着他打，喊道："你别取笑皮皮，这样不好！"可是田小七才不管呢，他觉得这个皮皮实在太好玩了，要么不说话，一说话就只会说："还有吗？"

田小七快活地跑，小欢生气地追，乌云汪汪地赶，皮皮跟在他们身后哈哈大笑。远处的刘兰芝正在吴妈的帮助下给孤儿院的孩子分食物，看到这一幕，她略有皱纹的眼角感到一阵热，吴妈看见太太的嘴角扬起了幸福的笑意。

第五章　第一封情报

从猛将堂孤儿院出来，田小七很有礼貌地向刘兰芝告别，谎称自己就住在附近，还跟小欢约好下周再来孤儿院陪皮皮玩。小欢目送田小七和乌云离开之后，顿时又沉浸到自己的心事里去。她坐上黄包车，手伸进口袋，把手绢捏在手上，当黄包车路过"小手掌幼儿园"时，小欢的手绢随风飘落在地上，她大喊道："停一停，我手绢掉啦。"

车夫刹住脚。

小欢跳下黄包车，故意磨蹭了一会儿，当她捡起掉落在地上的手绢，站起身子时，瞥见刘兰芝正微笑地看着她。小欢指指印着五颜六色小手掌的白布旁的一行字，故意吃力地一字一字地念道："小，手……"她又转过头看看刘兰芝。

"小手掌，幼儿园。"刘兰芝回答的时候也下了车，牵起小欢的手，指着白布上的六个字，认真地教给小欢。

小欢就将这六个字反复地嘀咕起来。

刘兰芝摸摸小欢的脑袋，自言自语道："是该上学了，我们家的孩子得有文化。"

直到刘兰芝牵着小欢的手再次坐上黄包车，小欢也没能再听到从幼儿园里传出小手掌儿歌的声音。

那时小欢万万没有想到，第二天发生了一件真正让她心惊胆战的事情！

晚饭时，毕忠良对正在给小欢夹菜的刘兰芝说："明天晚上山田大佐要到家里来做客。你让吴妈准备一下晚饭。"

刘兰芝顿时一惊，一筷子莴苣炒肉丝掉在桌面上，一脸难色地埋怨道："你把日本人带到家里来干什么？你在外面应酬好了。"

正从厨房里出来的吴妈尴尬地笑着说："先生，我、我这，我怕烧不好，我不晓得日本人吃什么啊！"

"明天一早我让菜刀回家陪你去买菜。"显然毕忠良早就有所安排。

刘兰芝给了毕忠良一记白眼，生气地把头偏向一侧。

小欢听说日本人要来做客，心里一紧，但听说江枫要回来，又很欣喜。

毕忠良放下碗筷，叫道："兰芝。"见刘兰芝还是不搭理他，又喊道，"夫人，山田大佐一直说要来家里拜访一下我的太太，我不好总是拒绝，而且明天的晚饭，他还要带他的朋友和他朋友的儿子一起来，算是家宴。在上海，我们总是要尽地主之谊的。"

刘兰芝站了起来，冷冷地说道："你替日本人做事，我已经管不了了，但是我不希望把这种事牵扯到家里来。明天的事情既然你都已经安排好了，就不要假意地说同我商量，只是不要再有下次了。"刘兰芝扭头离开饭桌，往卧室走去。

小欢放下碗筷，轻声说道："姑父，我去陪姑妈。"

毕忠良点点头，看着小欢的左袖随着她走路空荡荡地晃。他收回目光，端起碗筷，又像忽然想到了什么似的，对一旁尴尬站着的吴妈说："明天的晚饭，菜刀来做，你给他打打下手。"

"晓得啦，先生。"吴妈小心地应承道。

晚饭后，毕忠良接到电话，动身回了76号，他要连夜审问一个刚刚抓获的共党嫌疑人。

五月的天气日头不烈，但稍一活动，身上就会生出一层黏糊糊的热汗。江枫回到了毕家，在小欢的陪伴下，和吴妈一起买了两大篮子菜回家，现在他们要开始准备一顿丰盛的晚餐了。刘兰芝也出门了，她要去百货公司买一些上档次的糕点，再去买一些水果、鲜花回来。

"爸，你很热吗？要不要我去拧块毛巾给你擦擦？你怎么一头的汗呀！"小欢说道。

江枫举起袖子一擦，笑着摇摇头。吴妈凑过来说道：

"菜刀兄弟，辛苦你了哦，忙得满头大汗的!"

"吴妈，我本来就是给我姐姐姐夫烧饭的，哪里会辛苦。"江枫又举起袖子去擦额头上的汗，左右看看，轻声跟吴妈补充了一句，"只是，我姐夫说晚上有日本人来吃饭，我有点害怕，所以一直冒汗。"

"就是呀，昨天晚饭的时候太太都不高兴了。"吴妈脱口而出之后，赶紧捂住了嘴巴，她意识到自己多嘴了，尴尬地冲"刘菜刀"笑笑，自管自地择菜了。

江枫又陷入了深深的心事中，思绪如江南烟雨一般弥漫开，模糊成一片……

就在今天早晨，江枫正挎着篮子要去六大埭菜场，李寻烟向他走来，坚持要送他，说毕处长的命令他必须要执行。于是江枫一板一眼地说道："那得先去趟六大埭菜场，我昨天跟人定了两斤牛肉，我可从不食言，必须要去拿的，而且那人的牛肉特别好。"

李寻烟一拍江枫消瘦的肩膀回道："行啊，昨晚你不就讲了要去拿牛肉的嘛。走!"他还笑着加了一句，"我看你都不像个厨子，哪有厨子这么瘦的，你肩上的骨头硌得我的手掌都痛了。"

江枫也不示弱，呛了他一句："你没听过厨子肩头也扛两把刀吗?"

两人有说有笑地上了车。

从大毛手中接过两斤牛肉的江枫递上钱，同时递给大毛的还有一张字条，字条上写着，今晚毕忠良会带一个日本大官回愚园路公寓吃饭……

"爸爸，小心。"小欢惊恐地喊出声时，江枫才从江南烟雨般的梦幻中清醒过来，他手中锋利的菜刀刚刚切在指甲上，幸好没有伤到皮肉。

"爸爸，你怎么啦？"

"怎么啦，怎么啦？菜刀兄弟小心手！"

小欢和吴妈关切地问道。

江枫摇摇头，对吴妈笑笑说没事。

小欢看着江枫躲闪的眼神，知道他一定是有心事了。

刘兰芝直到下午才回来，她身后跟着的黄包车夫替她拎着大大小小的袋子站在门口。"吴妈，快来拿东西。"刘兰芝从车夫手中先接过两个袋子，又喊道，"菜刀，你也来搭把手，黄包车上还有东西。"

江枫低着头跟着车夫去车上取东西，当车夫将几个袋子递给江枫时，突然皱皱眉说："我们在哪里见过吧？"

江枫摇摇头，回道："我刚从浙西老家来，怎么可能见过。"

江枫扭头就走，车夫看着他的背影，抓了抓头发，弯腰拉起车把。

江枫又是一身热汗，他庆幸小欢此时没来迎接，否则那车夫看见小欢，一定能确认几个月前他们曾在街头巷尾碰过面。一股潮热涌上心头，江枫捏紧了拳头，对自己说："速战速决，希望今天就能有个了断。"

粉蒸肉、红烧鱼、香辣鸡、肚包鸭、溜肥肠等油光闪亮的小炒，迎进了毕忠良和三位客人。在厨房里忙活的江枫听到毕忠良向刘兰芝和小欢介绍山田大佐的时候，心猛地一沉，右手的食指和中指摸到炒锅，烫醒了他。他赶紧把手浸在水池里，可脑海里混沌一片，默念道："毕忠良回来了，也就是说大毛他们的锄奸队失败了！"江枫紧闭双眼，咬牙切齿，他突然睁大眼睛，心里又有个声音说道，"不！锄奸队一定没有行动，不然就算失败，毕忠良和日本人也不可能这么准时到家。"江枫摸摸扑通直跳的心，告诉自己镇定，必须镇定。只是，此时他还不知道，小欢也在这一分钟之内经历了如春夏秋冬那般漫长的时间。

2

"是他！"小欢的心剧烈地跳了起来，几乎要冲破胸膛。

"是她！"大岛一田惊喜地看着目光炯炯的小欢，只是他不知道小欢那故作坚强的目光下掩盖了多少恐惧。

小欢本能地躲闪大岛一田热切的目光，一转念又不知哪里来的勇气，索性睁大眼睛直愣愣地瞪着他！

幸好，谁也没有在意两个孩子。

山田大佐向刘兰芝微微欠身，十分绅士地介绍他身边的男子："这是我最好的朋友大岛君，他在上海经商已经十三年了，是个中国通！"

大岛德川礼节性地向对面的女士低头问候，递上一个扎着彩带的小礼盒，说道："听山田君说毕太太喜欢穿旗袍，那么这枚胸针希望您能喜欢。"

一旁的毕忠良笑而不语。

刘兰芝稍稍愣神，立马接过礼盒，眉眼带笑地回敬道："您太客气了！谢谢啦！"

山田大佐戴着白手套的手放在了大岛一田的后肩上，一本正经地介绍道："这是我优秀的干儿子大岛一田，是大岛君的独子！"

大家才把目光放在两个孩子身上。毕忠良赶紧指指小欢，细长的眼睛笑成了一条缝："这是小欢，我太太的侄女。"

"你好！小欢！"大岛一田向小欢问好。

小欢的脸顿时唰地变为红色，她可真担心眼前这个日本男孩会说他们见过面。见小欢不回应，刘兰芝笑道："我侄女刚从乡下来，怕生，让你们见笑了。"

山田和大岛的目光游走在小欢缺失的左臂上，让本就笑容僵硬的刘兰芝内心很不是滋味。

山田表情夸张地问小欢的手臂是怎么回事，毕忠良顿时一脸尴尬，真担心小欢说她的手臂是日本飞机炸没的，那这场面得多尴尬。他想接过话茬，却没想到小欢瞪着山田说小时候被雷打到了。

山田哦了一声，一脸可惜的神情。

"姐姐，姐夫，你们怎么都站在门口啊，招呼客人进来坐呀，酒菜都准备好了！"江枫端出一盘菜招呼道。

"叔叔好！您辛苦啦！"大岛一田笑着说。

小欢捏紧了拳头，连大气也不敢喘，大岛一田竟然向江枫打招呼。他接下来还要说什么？小欢不敢想，她只觉得浑身发热，头皮发麻，手心冒汗。

"哎呀，这小家伙真有礼貌！"刘兰芝称赞了一句大岛一田，招呼大家吃饭。

站在饭桌前的江枫足足愣了五秒，他看着大岛一田，仿佛看见急如闪电的乌云迎面扑来；又迅速收回眼光，望向刘兰芝身边满面通红、紧攥拳头的小欢，他晓得小欢能挺得住。江枫见大岛一田并无要说出大年初二那次偶遇的意思，情绪才缓和下来。

山田大佐夸奖菜做得好，得知掌勺的是刘兰芝的堂弟，就招呼他一起坐下喝酒。

江枫连连摆手推辞。

毕忠良嘴角含笑地喝下一小杯黄酒，眨动着深邃的眼眸，嗓音低沉地说道："菜刀，陪山田大佐喝一杯。厨房剩下的事交给吴妈去收拾。"

"姐夫，我……"江枫手里捏着白毛巾，结结巴巴地说道，"我……你知道我喝不了酒，我、我再炒两个菜。"说完，溜进了厨房。

"随他吧。"刘兰芝给毕忠良倒酒，又给山田大佐和大岛先生倒酒，抱歉地解释道，"我弟弟从乡下来，没见过世面，失礼之处还请两位贵客不要介怀。"

席间，小欢都不曾抬起头。刘兰芝给她夹了几筷子菜，能感觉到小欢的不痛快。刘兰芝是能够理解的，日本人的飞机不仅炸掉了她的一条手臂，还带走了她的妈妈呀，小小的孩子，那得多痛啊！想到这里，刘兰芝又给小欢夹了菜，轻声说："吃完了，就去院子里玩吧。"

谁也没有发现大岛一田的眼神一直没有离开过小欢。

院子里，小欢蹲在地上看蚂蚁，同样吃完饭的大岛一田悄悄地走过来蹲在小欢的身边，惊得小欢往后一退，幸好大岛一田扶住了她，不然她就摔倒了。

大岛一田轻轻捂住小欢的嘴巴，然后放开，摇摇头，说道："我们轻轻地讲话。"

小欢知道大岛一田一定是没有恶意的，不然在进门的时候，他就可以揭穿她了。小欢点点头，拉着大岛一田走到院子角落的一架秋千前。

"你坐，我推你。"

小欢笑了笑，坐上了秋千。

从院子里传来了两个孩子的欢笑声。

"两个小朋友玩得开心嘞！"吴妈听到笑声，趴在窗边看了一眼，朝正给客人倒酒的刘兰芝讲道。

江枫也从厨房的玻璃窗往外看了一眼，大岛一田双手握着秋千的两根吊绳，轻缓地摇晃，小欢的右手握住吊绳，左袖随着前后摆动的秋千舞起来，一同舞起来的还有小欢垂着的两条小腿和那一束油亮亮的长发。江枫笑了，他听着水龙头哗哗哗的声音，眼前分明看到，那个春日暖阳下的午后，他带着小欢，背着竹篓在运河边摸螺蛳，远处，美丽的安娜正缓缓朝他们走来……突然，安娜化作一股青烟，瞬间被宽阔的运河吞噬得一干二净。江枫想伸手去抓，却喉头紧锁，整个人仿佛动弹不得。但他仍从似乎干涸的喉咙里低低地滚出了一句："安娜，别走，小欢想你啊！"

"菜刀兄弟，你讲什么啊？"吴妈看着神情奇怪的江枫问道。

江枫赶紧关了水龙头，抽了抽鼻子，眨眨泛红的眼眶，低下头说道："看着孩子开心，我想孩子她妈了。"

吴妈丰满的嘴唇动了动，又停住了，她不知道怎么安慰，好半天才憋出一句："人没了，想也没用，等日子过安稳了，让太太再给你找个老婆，给小欢找个妈，日子照样过得舒服。"

江枫不好意思地朝吴妈笑了笑，没接话。

小欢一直在等大岛一田问她为什么会在这里，可是一直没有等到，于是她先开口："你已经在中国住了十三年了，怪不得你讲的中国话一点也不别扭。"

"如果说中国和日本让我选择的话，我宁可选择中国。"大岛一田坐在小欢的身边。小欢很奇怪听到这样的回答，大岛一田低下了头，像是在回忆一段痛苦的往事。原来，大岛一田的妈妈在他出生的时候就难产去世了，大岛德川为了离开伤心地，就带着儿子来到了中国上海，起先做贩卖茶叶和布匹的生意，后来就开了纺织厂。大岛和山田是幼时最好的朋友，山田进驻上海以后，就认了大岛一田做干儿子。

"你找到妈妈了吗?"大岛一田小声地问道。

小欢摇摇头，接着他的话题问道："你怎么不问我为什么在这里。"

"我知道你和做饭的那个叔叔都是好人！你们一定有秘密，但是只要你们不说，我绝对不告诉任何人！"大岛一田认真地承诺道。

小欢没说话，只伸出小拇指钩起大岛一田的小拇指，问道："知道拉钩吗?"

大岛一田点点头。

夜幕四合，愚园路这幢草木茂盛的大院子里，两颗火热的童心碰撞在一起，像是久违的朋友，更像是亲密的战友。他们又笑了，笑声被天上的月亮听了去，它洒下朦胧的光，如同妈妈温暖的手，抚摸着两个缺失了母爱的孩子。

众人分别时，大岛一田已经和小欢成了好朋友。他们约好明天一起去猛将堂孤儿院，小欢告诉他孤儿院里有她的朋友皮皮，还告诉他田小七也会去看皮皮，还会带上乌云一起。大岛一田兴奋极了，说他最喜欢狗了，更何况乌云还救了他一次。虽然他在年初二的城隍庙见到田小七时发生了点不愉快，但能与他们重逢还是令他十分开心，完全不是装出来的。

大岛德川很高兴儿子和小欢聊得如此投机。他用一口流利的中文讲道："上海是我和儿子的第二故乡，我喜欢这个城市，也希望长久地住下去。所以我很高兴一田拥有更多的中国朋友。"

毕忠良看着小欢，双眉微微跳动。

夜深了，刘兰芝坐在床头，瞧着大岛德川送的镶嵌着珍珠的花形胸针，淡淡地说道："这个日本人蛮客气的。"

"小欢很机灵，"毕忠良看了一眼刘兰芝又说，"她怎么会讲自己的手臂是被雷打掉的？"

"我教她的呀！"刘兰芝放下胸针，"我早就想到日本人肯定要问小欢的手是怎么回事，要是照实说的话，那不要尴尬死的啊。"

毕忠良的双眉一松，顿时拨开心头密布的乌云。

二楼小欢的房间里，江枫铺好地铺躺下，小欢一屁股坐在地上，怔怔地看着江枫问道："爸爸，你就没什么要跟我讲的？"小欢终于等到了和江枫独处的时间。

江枫坐起来，看着小欢，但是一句话也不说。

"你有没有见到我妈妈？你去76号已经整整十天了。"

小欢有些心急，嗓音不自觉地提高了，但马上又压低了声音道，"你有没有去找过我妈妈？"

江枫摇摇头，在小欢的耳边说道："76号的关押室在办公区的地下室，我根本没有机会进去。"

其实，就在昨天晚上，江枫第一次去了审讯室，他给毕忠良送消夜。江枫准备了一碗热腾腾的诸暨次坞打面，金黄色的雪菜上卧着一个荷包蛋，加了几片卤牛肉。为了保温，江枫用一只大碗扣住盛面的碗，又用两条毛巾盖在外面。江枫在李寻烟的带领下，走向地下室的尽头。

毕忠良站在墙上一排雪亮的灯泡下，潮湿、血腥、气闷一起向江枫袭来。眼见着江枫走进潮湿的光影后站住了，毕忠良一把摘去手套，拖着长长的黑影向门口走来。江枫也就是在这时才看清，吊在刑架上的人垂挂的双腿下，是打手用铁链牵住的一条狼狗，它正在地上吧嗒吧嗒地舔着一摊新鲜的血。

江枫小心翼翼地端上面碗，毕忠良闻了闻说香，赶紧支起筷子吃上一口，说道："真当不错，油而不腻，柔软又有劲道。上海的面，今后我是不想再吃了。"毕忠良三下五除二地吃完了面，接着仰首喝完了所有的面汤，接过江枫递上的毛巾，一把擦去嘴角的油迹，又说道，"真当不错！"

江枫稍欠着身子，小心地说姐夫喜欢就好。

毕忠良说明天晚饭山田大佐要去家里吃饭，让李寻烟一早就送江枫回去，李寻烟点头说是。江枫赶紧摆摆手说不用麻烦李秘书，他在六大塓菜场跟人定了牛肉，说好了明天去取的，所以他取了牛肉自己回家就行。江枫见毕忠良不说话，赶紧补充道，六大塓的牛肉好，正好用来招待贵客。

毕忠良对一旁立着的李寻烟说："随你安排。"

回去的路上，江枫看了眼走在前面的李寻烟，泛着恶寒地说："我这一夜都睡不着了。"

"这还是前期的刑讯，我们这边基本都是对付刚抓的。他要是能忍着不招，过段时间就送去对面的总部梅机关，关押着，慢慢审。一条不归路哦。"李寻烟回头向他说道。

"那还有可能出得去吗?"

"有这种可能，比如说长上一对翅膀飞出去。再有一种可能，就是拖出去枪毙。"

……

回忆让江枫不寒而栗，这些都是他绝对不会告诉小欢的。江枫强忍着内心的颤抖，拍拍低下了脑袋的小欢，说："乖，睡吧。"

3

清早，江枫没等毕忠良起床，就对吴妈说，他先回队里了，还得去菜场买菜。吴妈送他出院门，看着远去的消瘦背影，吴妈在心里直白地说道："好男人哦，要是我有闺女啊，就让她嫁给你。"

江枫径直去了六大埭菜场，把卖牛肉的大毛揪到角落里。

"为什么？"江枫问道。

"从76号到愚园路有四条路，谁能确定他们走哪一条？"大毛掰开江枫揪住他衣领的双手，又说道，"愚园路附近就有警察局，我们不好动手。"

"我真的要疯了！我干不了了！"江枫一掌拍在脑门上，恨恨地蹲下来。

大毛也蹲下来，不留情面地讲道："既然上了这条船，你可下不来了。"

"你……"江枫没想到大毛会讲这样的话。

"别忘了，田老头和他的小孙子还是我们在照顾，小欢还留在毕家。"大毛一巴掌拍在江枫的肩上，说道，"你没得选！"

"这就是你们军统特务的嘴脸！"江枫怒火中烧，将一双拳头捏得咯咯作响。

"随你怎么讲！我们在救国锄奸！"大毛站起来，在迈开步子前丢给江枫一句话，"我们要毕忠良出行的精确路线。"

江枫懊恼地一拳头砸在地面上，除了他的手无比疼痛外，没有任何东西因为他糟糕的心情受到影响。江枫再一次告诉自己："速战速决！"

刘兰芝以为昨天两个孩子的约定是闹着玩讲讲的，没想到大岛一田一早真的叫了黄包车来接小欢。刘兰芝是不放心的，可是又不好直接对大岛一田说不，于是她挤眉弄眼地看着小欢，希望小欢拒绝，小欢却笑着说："姑妈，你放心吧，一田跟我一起去看皮皮，也会送我回来的。"

小欢同大岛一田坐黄包车走了，刘兰芝站在大门口，双手叠在身前拍打着，冲正在扫院子的吴妈喊道："搞什么名堂，跟个日本小孩玩到一起去了！"

吴妈抬起头，想劝一句，可是刘兰芝已经朝屋子里走去了，一边走一边还自顾自地嚷嚷："今天回来我要好好跟小欢讲一讲的，女孩子不好随便跟男孩子出门去的呀。"

吴妈这才晓得太太并不是同她讲话，而是在生小欢的气，在自己跟自己发脾气。

早就等候在猛将堂孤儿院的田小七万分意外：小欢身边竟然跟着被乌云救下的大岛一田。乌云朝小欢奔去，大岛一田兴奋地蹲下来想摸摸乌云，可是田小七吹了声口哨，乌云立刻汪汪直叫，返回到田小七的身边。

小欢知道田小七不开心了，忙跟他解释昨晚的事，可田小七依然指着大岛一田骂道："小鬼子！"一边骂，一边就要动手。大岛一田站在原地一动不动，不料田小七竟然一拳打在他的心窝上，这可激怒了大岛一田，他立刻摆出迎战的架势。

皮皮见小欢和田小七来了，兴奋地跑过草坪，见到田小七摩拳擦掌地要跟一张陌生的面孔动手，他急着喊道："不要打，不要打！"

皮皮的叫喊声仿佛火上浇油，惹得田小七越发怒气冲天，大喊一声，朝大岛一田冲来。大岛一田往右一闪，等田小七扑空之时，他只一招就将田小七撂倒在地，重重一拳打在田小七的心窝上，喊道："还你一拳！"

眼看大岛一田又要抡起胳膊，乌云也要冲上去，小欢扑在乌云身上，大声吼道："别再打了！"

大岛一田把田小七骑在身下，回头看看生气的小欢，伸出手要拉田小七起来。田小七自然不领情，甩开大岛一田的手，把脸扭向一边，自己站起来，掸掸身上的灰尘，愤愤不平地说道："哟，你这么厉害，半年前怎么被两条狗吓得差点尿裤子呀。"

大岛一田也不生气，有点骄傲地笑着说："我就是这半年里才练的武术。"

他们消停了，可是小欢却生气了，头一扭要回家。大岛一田要送她，田小七也不甘示弱地说："小欢，我和乌云送你。"

大岛一田叫了黄包车，小欢也不坐，田小七得意地笑道："才不坐你的黄包车呢！我们走路。"边说边凑到小欢身旁，可是小欢也不搭理他。没办法，大岛一田让黄包车先走，他也跟在小欢身后。

到了愚园路，进了屋子，厅里没人。

小欢喊："姑妈。"没人答应，她又喊："吴妈。"还是没人答应。

"毕太太！"大岛一田中气十足地喊了一声。

"哎，回来啦？"二楼传来刘兰芝的声音，"我和吴妈在给你换被子呢，都要夏天了，你还盖着冬被。"

小欢瞬间急红了脸，一个箭步冲向二楼，乌云汪的一声，冲到田小七身前，它看得懂小欢的着急。两个男孩紧随其后。

刘兰芝一直让吴妈帮小欢收拾房间，可小欢不让，说自己只有一只手，更应该多用用，所以每天离开房间前，她都把屋子整理得干干净净、一尘不染，吴妈确实也没什么可插手的。可现在她们竟然在收拾被褥，小欢不敢往下想，自己俨然一头受伤的小鹿，横冲直撞想逃离猎人的追击，尽管希望渺茫，可是绝不能停下脚步。

小欢涨红了脸站在房门口时，正见着吴妈抽出厚重的垫褥，随着垫褥的抽出一本薄薄的小本子掉在地上。刘兰芝捡起来，翻开一页，瞧着第一行写着日期，抬头看一眼小欢，笑着说："你还写日记呢？你不是不认识几个字吗，让姑妈看看你写的是什么？"

小欢整个人僵在原地，浑身发颤。

大岛一田冲上去从刘兰芝手中夺过笔记本，藏在身后。他向刘兰芝深深地鞠了一躬，然后严肃地讲道："毕夫人，这是我的笔记本，是我的秘密，是我昨天送给小欢小姐的。您不能看！"说着，他将笔记本恭恭敬敬地递到了小欢的手中。小欢红着脸赶紧接住。

田小七的心扑通直跳，向着刘兰芝喊："大妈妈，我、我和乌云也来了。"

"好的呀，人多热闹，你们陪小欢玩，我开心的呀。"刘兰芝的一对细眉动了动，露出一个尴尬的笑，招呼着吴妈快点换被褥。她转身离开小欢房间的时候，又吩咐吴妈忙好了给孩子们做饭去。

吴妈手脚麻利地换着被褥，一边应承着刘兰芝的吩咐，一边对小欢说："这是太太吩咐给你新翻的丝绵被，两斤重的薄被子，舒服得很嘞。"

刘兰芝在房门口又瞥了一眼大岛一田。突然她捂住嘴巴，心里泛起嘀咕："这小日本连笔记本都送，不会是看上我们家的小欢了吧？"

等吴妈走后，小欢一屁股坐在地上，气喘吁吁，她对大岛一田郑重地说了声谢谢。

田小七没作声，但在心里感谢大岛一田帮小欢解了围。

小欢把笔记本递给田小七，让他带回家，毕竟放在毕家实在太危险了。大岛一田又从田小七手中拿过笔记本说："让我当着毕太太的面把笔记本带走，出了门，我再交给你。"

那天夜里，躺在床上的刘兰芝翻来覆去睡不着，她拍拍刚刚睡下的毕忠良，说："有个事情，我想不通。"

"你不是讲过，任何烦心的事情都不要带到床上来的嘛，想不通睡不着，容易老的！"毕忠良调侃了一句。

"少贫嘴！"刘兰芝双眉一拧看着毕忠良，说道，"今天吴妈给小欢收拾被子，被褥下面掉出一本笔记本，我打开来刚想看，那个日本男孩大岛一田冲上来抢了去，说那是他昨天送给小欢的。"

毕忠良坐了起来。

刘兰芝也坐了起来，她看着丈夫，满脸疑虑地说道："我想不通了呀，大岛一田又不认识小欢的啰，就算他要送笔记本给小欢，可是怎么这么巧，昨天到家里来吃饭就正好带着笔记本吗？我想不通了呀。"说着，刘兰芝举起右手，用大拇指和食指捏着眉心。

毕忠良见不得刘兰芝焦虑的模样，他将妻子揽进怀里，往事如风吹进他的胸膛。

一九三二年，毕忠良时任十九路军七十八师一五六旅的少校营长。一·二八事变的当天，产床上的刘兰芝是听着远处马背上传来的蔡廷锴将军一番慷慨激昂的战前训勉声昏厥过去的。醒来时，医生和护士围在她的床头悔恨交加，一次又一次地道歉说，我们对不起毕营长，他带领部下在上海街头冲锋陷阵，我们却在炮火中让你们的孩子夭折了。

此后，刘兰芝一直不孕。

　　五年后的八·一三淞沪会战，上海沦陷前夕的十一月初，参加苏浙别动队的毕忠良在一天深夜里从九大队的青浦战场上仓皇逃脱。回到家中面对满脸惊诧的刘兰芝，毕忠良目光决绝地扔出一句冰冷的话说，抗日没有前途了，与其求死，不如求生。

　　那时，刘兰芝不禁想起多年来一直不敢触碰的一句话：忠良无长寿，奸佞活千年。孰是孰非，是祸是福，她顿时感觉前路如一团泼墨般的迷雾。

　　这一年的平安夜，刘兰芝平生第一次去了教堂。踩着唱诗班的乐曲声，她独自走到一张达·芬奇油画的复制品前，停留了很久。画中的玛利亚怀抱活泼可爱的圣婴，手拈鲜花，慈祥母性的眼光流露幸福喜悦的微笑。

　　毕忠良常在夜深人静的时候突然醒来，然后轻轻起身走向阳台，点一根雪茄，看着袅袅升起的烟，心中疼痛地说道，兰芝，我没有保护好你和孩子。所以，自从小欢到了家里，毕忠良能感受到妻子的快乐，这种快乐是他送妻子多少旗袍、珠宝、金条都换不来的。

　　毕忠良不愿意刘兰芝伤神，他笑笑说："什么叫孩子？孩子做出的很多事都是让大人想不通的，昨天大岛一田背了个包，那包里放着笔记本很正常啊。"

　　刘兰芝扭头看着毕忠良，也笑了："是哦，他肩上是背了包的。"

　　"笔记本还在小欢这里？"毕忠良问道。

"没有。吃好午饭，大岛一田走的时候，小欢当着我的面把笔记本还给他了。她说她也不认识几个字，看不懂。"刘兰芝又不安了，看着毕忠良说，"我觉得小欢还笔记本的时候那个大岛一田都不高兴了。你说这个日本小孩不会是看上我们家小欢了吧？小欢才十二岁，我们要保护好她的。"

"不要瞎想。"

毕忠良的一句话，激怒了刘兰芝，她坐直了身子，怒斥道："这些年，日本人烧杀抢掠、奸淫妇女，他们干的丧尽天良的事情难道还少吗？"

"好啦，不要讲了！"

"我是个女人，嫁鸡随鸡，嫁狗随狗，你要干什么事情我都不管。可是我一定要保护好小欢，她已经这么可怜了，已经没有了妈妈，没有了一条手臂，她就是我的孩子呀。"说着说着，刘兰芝竟然哭起来。

毕忠良抱住妻子，劝慰道："好了，好了，等下让小欢听到了不好。睡吧。"毕忠良拍拍刘兰芝圆润的肩头，又说道，"我去给你冲杯热牛奶。"

毕忠良起身后，路过小欢的房间，他的手放在门把手上，又缩了回来，终于还是没有开门进去。这一幕，让赤着脚蜷缩在转角处的小欢心惊肉跳。

毕忠良拐进了书房，小欢站在门外，她听到毕忠良对着电话说，李秘书，你连夜动身去浙西老家，查清楚刘菜刀和刘菜刀的女儿刘小欢。小欢捂着嘴快步离开。

白天的时候，小欢告诉大岛一田，她这些年找妈妈所发生的事情都写在小本子里。大岛一田觉得刘兰芝一定会有所怀疑，并且有可能将这件事告诉毕忠良，所以让田小七留下了乌云，万一发生了什么事，好让乌云带消息回家。入了夜，毕忠良和刘兰芝进了房间，小欢就一直趴在他们房门口，没想到果真有了情况。

小欢将写着毕忠良派人去查刘氏父女消息的字条塞进乌云的耳朵，悄悄送它离开。

4

毕忠良出门的时候，小欢会跟刘兰芝一起送他，并且问一句："姑父，你晚上回来吃饭吗？"毕忠良回来的时候，小欢会跟刘兰芝一起迎他，又说一句："姑父，今天姑妈教我认了好几个字呢。"毕忠良就说好，吃完饭，要考考你。小欢又嚷嚷道："姑父，你教我写字吧。"毕忠良还是说好，吃完饭就写。

在刘兰芝看来，没有什么比眼下的时光更幸福了，有时候她会闪过一些念头，她想对堂弟菜刀说，把小欢过继给她做女儿，也想对小欢说，可不可以喊她妈妈？可好几次话到嘴边，又咽了回去。她安慰自己说，再等等吧，不要吓到孩子。

　　大岛一田和田小七几乎天天来找小欢。他们在院子里荡秋千、捉迷藏、观察小蚂蚁，有时候还给乌云洗澡。刘兰芝坐在廊檐下看着他们欢闹，满心的喜悦都从眼角的细纹里流淌出来。

　　他们每隔一天都要去猛将堂孤儿院看皮皮。每次路过小手掌幼儿园，小欢都会停下来看一看，终于听到了那首熟悉的完整的儿歌，小欢的心翻腾起来。田小七又叽叽喳喳地唱，他取笑小欢："还说这首儿歌是你跟你妈妈写的，现在羞死了吧，这里整个幼儿园的小朋友都会唱。"田小七哈哈大笑，那笑声像密集的鼓点敲打着小欢的脑袋。突然，她想到一个词："儿歌！手掌！首长！"小欢惊喜异常地看着门口白布上"小手掌幼儿园"六个彩色字。"小"字只有大拇指盖那般大小，走远了几乎都看不清。"幼儿园"三个字也不大，唯独"手掌"两个字，不仅用了鲜艳的红色，而且方方正正的足足有小欢的手掌那么大。小欢几乎惊叫起来："手掌，首长！"

　　小欢扯住田小七的胳膊喊："我知道了！"

　　小欢又扯住大岛一田的胳膊喊："我终于知道了！"

　　还没反应过来的田小七和大岛一田看着小欢奔跑起来，她奔跑的样子像一只颠簸的小船。

　　"汪！"乌云跟上了小欢。

　　大岛一田追上去拦住小欢，问："你去哪?"

小 手掌 幼儿园

"我要去76号找我爸爸。"说出这句话的时候，小欢的脸色变了，她还没有去过76号，她说过想去的，可是毕忠良没有允许。

"非去不可吗？"大岛一田问道。

小欢冷静下来，摇摇头说道："我不能去……等晚上爸爸打电话回来的时候，我要让他回家一趟。"

小欢快乐地对乌云说："走！我们去找皮皮玩。"

"汪！"乌云答应道。

田小七笑了。

大岛一田看着他们的背影，忧心忡忡，但他选择信任和帮助，因为小欢是好人，田小七也是！乌云更是一条好狗！

李寻烟风尘仆仆地赶回来，正好在毕忠良的办公室门口遇上端着午饭餐盘的江枫。

李寻烟举起双手，客气地说："菜刀兄弟，给我，我端进去。"

江枫松了手。"李秘书，好像有一周不见你了，出任务去啦？"江枫笑着问。

"啊，是啊，出差了。"李寻烟凑近江枫的耳朵轻声讲道，"接了苦差事。"

李寻烟敲了敲门，听到毕忠良说进来，他才将门推开。

李寻烟向毕忠良报告，经老家的邻居证实，确有刘氏父女，在两个月前离家来了上海。家里没有其他人了。

毕忠良双拳相握放在办公桌上，问道："可有问过刘小欢是不是个缺了左臂的女孩?"

李寻烟点点头："是的，他们邻居都知道小欢的手臂是在杭州火车站被炸的，她的母亲是那天被炸死的。"

毕忠良起身，左拳击在办公桌的桌面上，鹰一样犀利的双眼盯着窗外空地上正走回厨房的江枫。

"处长，那我先出去了。"李寻烟请示道。

"回去吧，去洗个澡，睡一觉，辛苦你了。"毕忠良转过身来。

"谢谢处长关心。"李寻烟正要退下的时候，毕忠良又伸出修长的手指，指着他讲道："有些事情我知道了，以后你不要管那个女共党了，过些日子山田大佐要亲自审她的，如果再问不出什么，也就送她上路了。"

李寻烟垂下的手指颤动了一下，他愣了愣回道："谢谢处长提醒。"

"记住我说的。"毕忠良又添了一句。

晚上，江枫照例在门房给小欢打电话，小欢说想爸爸了，非得让他回来一趟。江枫自然知道说话反常的小欢一定有事，但是76号有规定，下班以后除非有处长命令，否则只进不出。正在饭桌上喝酒的毕忠良对厅堂里接电话的小欢说："让你爸爸今天晚上回家住吧，我明天会补一张条子。"

"太好啦，谢谢姑父!"小欢所有的欢喜都凝聚在脸上。

当江枫从小欢口中得知她的发现时，先是一惊，而后就坐立不安了。江枫在屋子里踱来踱去，忽然，挂在窗外夜幕上那一片清冷的弯月跳入眼帘，江枫停下了脚步，双手撑在窗台上，他叹道："月亮什么时候才能圆？"

"什么？"小欢听着江枫莫名其妙的一句话，好奇地问道。

江枫回过神来，他知道小欢不明白他话里期待月圆人团圆的意思，于是摸摸小欢油光水亮的长发，微笑着摇摇头。

他们约好，第二天的午饭后，一起去猛将堂孤儿院旁边的这所小手掌幼儿园一探究竟。

第二天的事情比他们想象的要顺利一些，江枫在中午送饭时跟毕忠良讲，他要去理个发。

毕忠良抬头看他杂草一样长的乱发，说："去吧。"

江枫走过门房，正巧门房里几个小特务在午间闲聊，有人问："刘大厨您哪里去？"

江枫笑着讲："我去理个发，然后泡个澡，搓个背。"

小特务有意逗他，伸长脖子喊道："刘大厨，您泡完澡再去会乐里找个姐。"

江枫脸一黑，说道："嘿，不好乱说！"然后拔腿就走，身后留下一串打趣的笑声。

同一时间，小欢坐上了大岛一田来接她的黄包车。

江枫和小欢推开小手掌幼儿园门口矮矮的木栅栏时，一个年轻的女教师正带着七八个孩子在院子里做游戏，齐耳的短发在艳丽的阳光下前后摆动，像是无数根丝线正在织一匹锦缎般的忙碌。

"五月？"江枫的眼神恍惚了一下。

"你们找谁？"年轻女教师抬眼问道。

江枫的心头一颤，眼前的人并不是五月，只是有着和汪五月略微相似的头发和身段。已经三年不见五月了，她在哪儿？她过得可好？是否已经将他忘记？汪五月的影子乘着五月的微风扑进江枫的胸膛，撞得他肋骨生疼。三年了，江枫不是不想念汪五月，而是不敢想，或者说根本没有时间和心思去思念她。

"你们找谁？"女教师冲着怔怔地看着她的江枫再次问道，嗓音提高了些。

"爸爸。"小欢拉拉江枫的衣角，拉回了江枫的思绪。

"这里还有其他老师吗？"江枫问。

年轻女教师摇摇头，回答道："只有我一位老师。"

江枫警觉地环顾四周，凑近女教师说道："我是'翠鸟'，我找'首长'。"

女教师惊愕地盯着江枫，又迅速地看到他身旁的女孩，她不由自主地喊出一声："小欢？"眼睛落在小欢空荡荡的袖管上。

小欢点头的一瞬间，两行泪流下来，她咬住嘴唇，把眼泪擦了去。

女教师往外望了望，看着大岛一田正猫在栅栏外的一棵大树旁。

"他是我的好朋友，站在门外帮我们看着。"小欢解释道。

女教师赶紧拉起江枫和小欢，招呼着孩子们回屋子里去，她对孩子们说："睡午觉了，盖好被子。"

5

"首长"说自己姓陈，叫陈芬芳。

这个跟汪五月长得有几分相似的陈芬芳开始讲述安娜和她们的遭遇。至此，江枫才知道命运有多么捉弄人。江枫的眼不自觉地看看坐在那听陈芬芳讲话的小欢，看着她一直紧紧攥着小拳头，双眼泛红却始终没再滴下一滴泪来。

安娜到上海之后，组织渗透进了敌方派来的特务，遭到了敌人的严重破坏。那一次，安娜以为自己在劫难逃，交给首长一封给小欢的信、一支口琴和一把富义仓的钥匙，让"首长"带着其他同志先撤离，她留下来做掩护。幸好那次安娜也逃脱了，只是受了重伤，组织上派人来接她去延安。事后，过了好几个月，"首长"才冲破重重阻碍，奔赴杭州接小欢，可看到的只有小欢和江枫留下的信件。

陈芬芳从柜子里拿出两张泛黄的便条，一张是江枫留给安娜的，一张是小欢留给安娜的。

江枫接过自己写的便条，上面是一句简短的话："小欢要去上海找你，我必须跟着去，五月也去上海了，我也得去看看她，如果你回来了就在家里等我们。"不承想，与杭州一别，已是整整三年。

于是"首长"又回了上海。她在报纸上见到寻人启事后去东升旅馆找，可是被告知客人已经退房离开。

江枫想，明明交代了旅馆的伙计有人找的话，务必转告来人，他在石巷弄的董太太家。现在回想起每次去旅馆问消息时，老板、伙计那副不爱搭理的态度，看来根本就没想帮他。江枫叹了口气，在心里说："罢了，世态炎凉，生意人也想多一事不如少一事，不要责怪了。"

陈芬芳拿出安娜给小欢留下的信和口琴。

"那一次，安娜掩护我和其他同志离开，已经做好了牺牲的准备，所以写下留给小欢的信交给我。当初这封信就放在这支口琴的包装盒子里。"

展开信纸，才读了第一句话，小欢的视线便模糊了，继而泪流满面。

我最亲爱的小欢：

在信的开头，叫一叫你的名字，我就泪如泉涌。

此刻，敌人已经赶在前来抓捕妈妈的路上，但请你原谅我如冰山般的决绝。为了掩护更多的同志撤离，妈妈必须留在这里，必须强忍住胸口对你无边的思念之痛。

妈妈每写下一个字，泪珠都与笔墨齐下。

我的女儿，但愿你能理解，民族存亡之际，妈妈甘愿牺牲自己，直面残酷的死亡，却也从此不得不无比残酷地对你不管不顾。妈妈欠下你的一切，哪怕是再活两辈子，也难以向你偿还。

我的女儿，我最最亲爱的女儿，唯愿你能坚强，能在民族痛楚的记忆中成长起来。请用你美丽的双眼，代替妈妈翘首企盼黎明到来前的曙光，迎接胜利到来时的暖阳。

我实在无缘再见一面的女儿，无论何时，只要你吹起妈妈留下的这支口琴，天上地下，我那始终陪伴你的不散的灵魂都能清楚地听到。

永别了，在我跳动的心口，被我呼唤了千万次的女儿！

你不够格的母亲：安娜

"那一次得到了弄堂里居民的掩护，安娜最终逃离了敌人的魔爪，但身受重伤。组织上花了大代价，接她去延安。"陈芬芳继续说道。

小欢着急地告诉陈芬芳，江枫在76号做毕忠良的厨师，这个消息让陈芬芳喜出望外。但陈芬芳马上警觉起来，她狐疑地问，江枫怎么可以进得了76号？

江枫只得将他和小欢路遇江山老乡之后发生的事情和盘托出，小欢在一旁补充。江枫苦恼地抓抓头皮，说道："我并不想加入任何组织，我只想找到安娜，把小欢还给她。"江枫叹了口气，继续说，"受人之托，忠人之事，我总是要做到无愧于良心。"

陈芬芳表示组织一心想救安娜，可是苦无机会。江枫摇摇头，说道："我在76号一个月了，根本靠近不了牢房。"

"76号特工总部还有一个身份重要的人，是我们的同志，但是他只和我的上线单线联系，我们只知道他代号'麻雀'。"陈芬芳一边说一边对江枫吩咐道，"和我见面的事绝对不能让军统的人知道。虽然现在是国共合作，但他们的嘴脸你也是清楚的。"

"这个我晓得的。"江枫点点头，又问道，"那么以后我有什么情况都能直接来这找你吗？"

陈芬芳面露难色，没有说话。

"我来吧，"小欢说道，"毕忠良的太太带我来过几次猛将堂孤儿院，现在她每周也还要来。不过我们三个小伙伴比她来得勤快，我们几乎隔一天就来，这都是毕忠良和他太太知道的情况，所以我来，不会引起怀疑。"

"你经常去隔壁的猛将堂孤儿院？"陈芬芳问道。

小欢点点头："要不是去猛将堂孤儿院，我也不会路过小手掌幼儿园，发现小手掌的秘密了。"小欢的声音里满是欢喜，"孤儿院的王院长我可是很熟悉了呢。"

陈芬芳牵过小欢的手掌，凝重的双眉之间透出一丝欣慰。她缓了缓问："小欢，你怕吗？"

小欢摇摇头，忽闪着大眼睛补充了一句："我跟妈妈是一样的人，我也有代号，我的代号是'石榴'！"

陈芬芳的眼神一直飘忽在江枫和小欢之间，像是在酝酿一场大雨，终于，她开口说道："翠鸟同志，现在有很多和安娜身份相同的人，他们都很危险，你愿意帮助他们吗？"

江枫没有缓过神来，可是小欢马上点点头。

"猛将堂孤儿院的王院长和安娜是同样的人，猛将堂的孤儿中大多数都是革命者的后代。她的任务就是用收养孤儿的方式来保护这些孩子，然后寻找合适的机会送他们去延安。小手掌幼儿园也是在王院长的帮助下成立的，目的之一就是等待小欢的出现。作为联络点，我们也一直在积极筹划营救你的妈妈，我们的战友。"

听到陈芬芳这么说，小欢激动不已，一直点头，她说："找到了妈妈的组织，就是找到了妈妈。"

小欢还想到了皮皮，如果皮皮是革命者的后代，那他的精神创伤可能就不仅仅是父母"遇难"造成的，恐怕他是目睹了父母牺牲的情景。

"可是，我们刚刚得到可靠消息，76 号的特务截获了我们发往延安的孤儿名单的密码电报，尽管他们现在还没有解密，但相信用不了多久就能破解，那么到时候，那些孤儿和王院长，以及在孤儿院里工作的人都不能幸免。"

小欢闪着泪花，她坚定地说："首长，你有任务就下达吧！"小欢举起右手，行了个军礼，她拉拉江枫，声音洪亮地说道，"翠鸟和石榴保证完成任务！"

江枫不知道安娜竟然教过小欢行军礼，他也不知道，安娜还教过小欢简单的密电码。

"好！"陈芬芳站了起来，她以上线的身份对小欢和江枫说，"石榴同志，翠鸟同志，情况特殊，我也是万不得已。现在我请你们想尽一切办法，务必拿到被特务截获的密电码。记住，它的日期是昨天，五月二十四日。"

"不！"一直沉默的江枫横在首长和小欢中间，竭力反对道，"76 号不是有麻雀吗，我们不能去做这么危险的事情，一旦我们暴露了，我不怕死，可是小欢呢?！"

"我的上线一直没有联系上麻雀。"首长的双眼中袒露着担忧的神色，她叹了口气，无奈地看着小欢，"是啊，小欢，你还是个孩子……"

"不！我是妈妈的女儿，我不能给妈妈丢脸！"小欢坚毅的眼神让江枫想起了三年前安娜走时的那个眼神，说实话，他不喜欢这样让人脊背发冷的眼神。江枫无力阻止小欢，他低下了头。

小欢对江枫说："爸爸，你在76号，你一定有办法拿到那份密电码对吗？"

江枫许久没有说话。

终于，在密谈了一个小时后，江枫说他必须要走了，得赶去理发。临走的时候，首长对小欢说："组织会继续联系麻雀。一切以自己的安全为第一。"

分手时，小欢眨巴着眼睛对江枫说："爸爸，下午我会去76号的，你等我吃晚饭。海爷说过，上阵父子兵。"

心焦的江枫胸中如一团乱麻，站在暖烘烘的五月街头，他伸出手想拦住和大岛一田一起坐上黄包车的小欢，可是抬起的手又无力地垂了下来。来不及想小欢又会有什么点子，现在的他得赶紧去理发，回76号的时候还得装出一副刚泡完澡、搓了背的舒服模样。想到这里，江枫浑身的骨头都震动了一下，他恐怕自己支撑不住，忍不住朝地上吐了一口唾沫，骂道："呸！我竟然连小欢都不如！"

6

下午四点半的光景，江枫办好了一件重要的事，开始心事重重地在厨房的窗户边切萝卜条。毕忠良喜欢吃面，腌萝卜条下面也是极好的。处里尝过江枫腌的萝卜条的人，都说好吃，因此江枫一得空就腌上一些送人。

江枫在想小欢怎么还没有来。

下午早些时候，江枫给电讯科的女秘书白凤送去一罐腌萝卜，白凤眉开眼笑地谢谢他。江枫没有要走的意思，皱着眉头讲白凤的办公室有死老鼠的臭味，吓得白凤跳起脚来，让江枫不要瞎讲来吓她。江枫说他的鼻子最灵了，肯定是死老鼠没错。白凤仔细闻闻，似乎还真有让人恶心的腐烂臭味。白凤猫在江枫的身后，求他一定要把死老鼠找出来。

江枫装腔作势地在办公室里嗅了一圈，抬起头，指指通风管道说："肯定死在这里头了。我帮你弄干净。"

"刘师傅，谢谢你了哦。"白凤觉得反胃，已经退到了门框外。

江枫笑了笑，搬了把凳子站上去，拧松螺丝，卸下通风管道的挡板，爬了进去。

"刘师傅，看到没有呀？"白凤又走进来，站在通风管道下面。

"有！好大一只。你赶紧去厨房拿把火钳给我，我把它夹出来。"说话的时候，趴在通风管道里的江枫从口袋里掏出用牛皮纸包裹的死老鼠扔在管道里，又把牛皮纸揉成团重新塞回口袋。这只老鼠是江枫事先在厨房里抓住的。

白凤递上火钳以后，江枫让她退到门口去，免得恶心。当江枫将死老鼠从通风管道里扔出来，落在地面上的时候，白凤的胃向上翻滚了一下，她一边喊"刘师傅，你帮我弄干净哦，太恶心了，我去下厕所"，一边踩着高跟鞋一路小跑。

等白凤从厕所回来的时候，江枫正在拖地，地上的死老鼠已经被扎进了垃圾袋里，通风管道的挡板也安了回去。江枫看着白凤一张红唇不停地道谢，看着她将一串钥匙放在办公桌上，闭了闭眼，咬紧牙口，原来钥匙被白凤随身带着，怪不得找不到。

一计不成，又生一计。

江枫笑眯眯地拎起垃圾袋，拿着拖把，对白凤说："小白，给刘哥泡杯好茶，我去扔了它，再好好洗洗手，消个毒。"江枫晃了晃垃圾袋，白凤皱着鼻子，颀长的身子直往后闪。

"刘师傅，你、你还要来啊？"处里都知道刘菜刀是毕处长夫人的堂弟，不敢得罪。此时，白凤虽觉得恶心，也只能尴尬地赔笑道。

"来啊，你不得请我喝杯茶呀！"江枫又晃了晃垃圾袋，一脸阴笑。

白凤点点头，应承着。

江枫再来的时候，搬了张凳子，挨着白凤坐下，他说白凤的茶香，又说白凤的人美，最后说："小白，刘哥给你看看手相。"

碍于江枫的身份，白凤不好拒绝，但这双手刚抓过老鼠，尽管洗过了，可总觉得恶心，于是调侃道，他一个厨子怎么会看手相的。江枫拍拍胸脯说："看手相是我们家祖传的，"又咧着嘴笑道，"烧饭做菜是我半道出家的。"

白凤嘴角一斜，没办法，只好不情不愿地将一双手伸出去，还问道："刘师傅，这是要看左手呀，还是右手呀？"

"男左女右。右手。"白凤的右手就摊开在江枫火热的手心里。江枫的眼睛也在这一刻盯上了白凤随意放在桌上的那串钥匙。

江枫努力回忆着海半仙曾在酒后闲聊时讲过的看手相的一点名堂。白凤咯咯直笑，一个劲地说不准的，不准的，每次想抽回手掌时，江枫就使劲拽住她，露出一副流氓般油嘴滑舌的嘴脸，说自己还没看完。直到有人来找白凤拿资料，白凤收起笑脸带人去签字拿资料，江枫才快速地把几把钥匙按在事先准备好的印版上，冲里屋喊了一句："小白，我走了哦，萝卜吃完再跟我讲。"

此时，江枫听到大门口有人喊夫人来了的热闹声音，抬眼一看，穿着素色旗袍的刘兰芝正和小欢走下黄包车。江枫的嘴角抽动了一下，心也跟着抽动了一下，他掏出挂在衣服口袋上新买的怀表看了一眼，五点了。江枫拿起毛巾一边擦手，一边喜气洋洋地迎出来，喊："姐，小欢，你们怎么来了？"

"爸爸。"小欢挣脱开刘兰芝的手，朝江枫扑来。

"你女儿突然说想你了。"刘兰芝指着小欢，又宠溺又无奈地说道，"我说打电话让你晚上回家她都不肯，非得让我立马喊黄包车送来。"

"姐，你和姐夫把小欢宠坏了。"江枫的脸红了。

这么一句反倒惹笑了刘兰芝，她回道："我不宠谁宠。"说着她也走到江枫身边，叹了口气讲道，"难为你在这里照顾你姐夫。"刘兰芝掸掸江枫落在肩上的碎头发问，"刚理了头发？"

江枫点点头。

刘兰芝又说："小欢不舍得跟你分开住，我也是知道的呀！"她拉了拉小欢说，"走，我们先去你姑父那报个到，以后这个地方你要常来常往了，小孩子礼貌、规矩还是要有的。"

被刘兰芝牵着手的小欢扭过头来，朝站在风里的江枫眨眼睛。在江枫心里，他甚至觉得小欢的演技可以比得上电影皇后胡蝶了。

已经到了下班时间，小欢说什么也不走了。刘兰芝答应说明天来接小欢。小欢高兴地跳起来喊姑妈万岁，惹得刘兰芝咯咯直笑。

刘兰芝先毕忠良一步坐上了汽车，车外的毕忠良像是在跟李寻烟交代些什么。他解开一粒西装的扣子，意味深长地朝厨房旁江枫睡觉的那个单间望了一眼。李寻烟垂下脑袋，轻声说："属下明白。"

小欢不仅想在这个晚上得到写着孤儿名单的密电码，

同时她还期望能见一面她太过思念的妈妈。江枫自然看得出小欢的心思，他紧张地握着小欢的双肩，说："来，坐下，爸爸有话跟你讲。"

江枫指着陆续离开的人说："马上要六点了，办公室的人都会下班离开。六点一刻，大门会关上，只许进不许出。晚上除了门房有人，值班室会有两个行动队的特务每一小时进整幢楼巡逻，巡逻一次的时间是一刻钟。如果有谁留下来加班或者六点一刻前没能出去的，那这一晚就只能住在里头了。"

小欢认真地听江枫说话，眼睛都不眨一下。江枫指指头顶的通风管道，压低了嗓音说："从这个通风口爬进去，一直爬到一楼的拐角处就是电讯科，下午我已经找机会动过电讯科通风管的挡板，螺丝只安在上面，没有拧，你用胳膊轻轻一撞就能撞开。"江枫再一次握住了小欢的双肩，十分不安地讲道，"记住，撞开挡板的时候不能让它掉在地上，一定要用手指头抠住它。"

看着小欢点头，江枫又从里衣里小心翼翼地掏出五把钥匙，交代道："这是保险柜的钥匙，我并不知道究竟是哪一把。"

江枫告诉眼神惊诧的小欢，这是他下午借着出去采办油盐酱醋时花高价配回来的钥匙。小欢竖起大拇指赞道："爸爸，你真牛！我就知道你肯定会有办法。"

江枫变得严肃起来，他看了一眼怀表说道："再过两个小时，八点一刻，我就把通风管道的挡板卸下来，你只有四十五分钟的时间来回，在特务巡逻的时候若是让他们听到一点声音，那就完蛋了。"江枫将怀表放进了小欢的口袋。

"爸爸，那我们现在干什么？"小欢的故作轻松并没能安抚江枫翻江倒海的五脏六腑。他想了想说："你搬把凳子坐到房门口的路灯下读报纸去。你不是每天都在电话里跟我讲姑妈教你认字，姑父教你写字了吗？那就念出来，念得响！"江枫递给小欢一沓报纸后，终于露出一点笑容。小欢却突然严肃起来，她指指自己咕噜噜叫的肚皮说："爸爸，你还有一件很重要的事情没有做。"

江枫笑了，小欢也笑了，他们的笑声飘荡在这个游走着不少冤魂的、少有笑声的地方。

7

江枫看着巡逻的两名特务从大楼里叼着烟走出来，他赶紧拉上窗帘，站上凳子，抱起拧开手电筒的小欢，将她送进通风管道。望着小欢扭动着小小的身躯钻进去的那一刻，他后悔了，他怎么忍心让小欢往这一条似乎深不见底、永无光亮的深渊走下去？那是他的孩子啊！那是叫了他爸爸的女儿啊！江枫滚动的喉结疼痛无比，他翻腾的五脏六腑滚动着无数个"回来"，可是却在这一刻哑了！等他能出声的时候，小欢已经拐了弯，离开了他的视线。

江枫走出了屋子，坐在门口的路灯下，拿起小欢读过的报纸，报纸上的字自觉地变成了他心里的默念：一秒，两秒，三秒……门房出来值班的人开大门的声音惊动了江枫，从他的视角正好可以看到门房墙上的挂钟，那钟指向八点五十五分，也就是说小欢已经进去四十分钟了，再过五分钟小欢无论如何都应该平安落地了。江枫的嗓子眼冒火一样难受，他的后背汗湿了，额头不停滚出的汗珠无情地出卖他的心虚。更可怕的是，毕忠良的秘书李寻烟正笑着向他走来。

"李、李秘书，这么晚了还回处里，真是敬业啊！"江枫站起来，竭尽全力地平息着自己的紧张情绪，朝李寻烟打招呼。

"有点公务要处理，所以就回来了。今晚是要睡办公室啰。"李寻烟指指黑灯瞎火的大楼笑着说道，他向江枫递过来一盒点心，"你这肯定没什么零嘴，这个给小欢。哎，小欢呢？你怎么在门外坐着？"

江枫克制着自己双手的抖动，从李寻烟手中接过点心，装作不好意思地讲道："小欢、小欢洗澡呢。"

李寻烟哦了一声，眼睛不自觉地往亮着灯、拉着窗帘的窗户看了看。

"大了，去年还要我给她搓搓背呢。"江枫嘿嘿地笑了笑。

"小欢，叔叔给你买了点心。"李寻烟突然高喊了一声，吓得江枫一哆嗦。

"小欢怎么不答应啊？"李寻烟张望着拉着窗帘的窗户，要不是在夜里灯光下，他一定能看到江枫惨白的面色，以及掠过他眼中的无数道惊恐的光。

咚！屋子里传出一声巨响，夹杂着小欢的哎哟一声，李寻烟一惊，快步向前，江枫三步并作两步伸长手臂拦在李寻烟身前，说："小欢在洗澡。"又扭头朝窗户喊了一声，"小欢，你怎么啦？"

"爸，你快进来吧。我把洗澡水踩翻了。"屋子里传出小欢的声音，她又喊道，"我穿好衣服啦。"

先一步进屋的江枫看着翻了的木盆和一地的水，开始埋怨小欢。

李寻烟一边对小欢说没事就好，一边环顾四周。

江枫拿起扫帚就开始往门外扫水，溅到李寻烟身上时他一个劲地道歉。李寻烟赶紧往门外退，一边说着没事，一边让江枫不要责怪小欢，说孩子总是要犯错的。他还冲着屋里站着的小欢喊，别忘记吃他买来的点心。

江枫看着李寻烟走进大楼，赶紧关门问："拿到了？"

小欢点头。江枫长舒一口气，庆幸小欢在出发前提议：在屋子里放一盆水，假装她在洗澡，让爸爸坐在屋外。江枫瘫倒在简易的木板床上，看着头顶黑洞洞的通风口，心有余悸地想，幸好李寻烟没有抬头。他赶紧取出放在床底下的通风口的挡板要安回去。这个时候，小欢静静地说："爸爸，我见到'麻雀'了！"

江枫猛地回头，瞪着小欢，仿佛一把剑刚刺进他胸膛般惊恐。

事实上，如果没有"麻雀"的出现，小欢根本不可能找得到那份密电码，至少不可能在这么短的时间内找到。

小欢爬到一楼尽头的通风口时，她用手指抠住通风管的挡板，使劲往外一推，听见几下轻微的吧嗒声，知道是四颗螺丝掉在了地上。她将卸下来的挡板斜着放进通风管道里，关了手电筒。江枫交代过，屋子里不能有亮光。窗外路灯透过白色窗帘照进来，屋子虽然幽暗，但陈设也是一目了然。小欢往通风管道下望了望，足有她两人高，怎么下去？江枫千算万算，没有算到给自己带一根绳子。小欢这么想的时候摸了摸四周，知道就算带了也没用，光滑的通风管道没有地方可以固定绳索。

时间紧迫，来不及多想，小欢将手电筒咬在口中，反过身子，先将两条腿挂下去，身子再一点点往下挪。她计算着身体的重量以及自己什么时候会掉下去，打算用唯一的右手抓住管道口，起个缓冲作用。可是哪有那么容易，她的身体因为缺失了左臂习惯性往右倾，在上半身挪下去一小半的时候，整个人失了重心，根本来不及伸手抓住管道口，就像一块石头往下落。小欢紧闭双眼，不敢去想发出一声巨响以后招之而来的会是什么……她的命！江枫的命！还有猛将堂孤儿院几十个小朋友的命！小欢突然感到自己的身体很轻，她像是落在了什么温热的物体上面……惊恐异常的小欢猛地睁开眼睛，黑夜里，只露出一双炙热眼睛的蒙面人盯着她。

原来小欢是被一双手臂接住的，她吓得一张嘴，手电筒滑下来。那人眼疾手快，脚一勾，让手电筒砸在脚上，再滚落到地上，只发出了一点声响。

小欢挣脱开他的双臂，那人赶紧捂住小欢的嘴巴，贴着她的耳朵讲："别说话。我知道你是小欢。"

小欢想起下午"首长"说到过的"麻雀"，压低了声音，问道："麻雀?"

他点头。

小欢又小心翼翼地说："你好！"

"把钥匙拿来！""麻雀"说。

"你怎么知道我有钥匙?"小欢很好奇。

"下午的时候我看到你爸爸走进了这间办公室，而且待了很久。""麻雀"解释道。

递上钥匙的小欢看着"麻雀"戴上手套，打开一把袖珍电筒，精准地拿起五把钥匙的其中一把打开了保险柜的门，顺利地拿出了标头上写着五月二十四日的一叠文件。当他看到第三张纸的时候，将它抽了出来，又放进了像是事先准备好的另一张纸。

小欢一眼不眨地看着，她忍不住问："你怎么知道是这份?"

"麻雀"转过蒙着的脸看着小欢,她能感受到"麻雀"是带着笑意的,他说:"密电码就好像一个国家的文字,我看自己国家的文字应该可以看得懂吧!"

锁好了保险柜,"麻雀"说:"你快回去。文件我会销毁,钥匙我来处理。"接着他又说道,"你还是个孩子,以后不要再做这些事了。"

小欢听"麻雀"这么说,立马不高兴了,本该提高嗓音的,但在这伸手不见五指的地方,紧绷的神经根本就不允许她掉以轻心。小欢嘟着嘴说道:"小瞧人,我也有代号,我的代号是'石榴',我跟你是一样的人!"

小欢意外地被"麻雀"刮了下鼻子,这样的举动让她感到温暖,因为三年前她们还住在富义仓的时候,妈妈会经常刮刮她的小鼻子。"麻雀"说:"石榴同志,那请你继续关照猛将堂孤儿院的皮皮吧。事实上,我已经好几次远远地看见你和其他两个男孩在陪皮皮玩了。谢谢你!"

小欢的心像一潭被投进小石子的池水一样荡漾起来,她兴奋地意识到自己猜对了,皮皮的身世果真不简单!

"皮皮是你的孩子?"

"他是我的侄子,他的爸爸妈妈跟你的妈妈一样,但是不一样的是,他们已经牺牲了。皮皮也因此受到了刺激。""麻雀"将小欢抱上了通风管道,又说,"我偶尔也会去猛将堂孤儿院给孩子们送些吃的,可是为了保护皮皮,我从来不靠近他。"

"我知道了，我不会对任何人说的。"小欢点点头，转身的时候又像想到什么似的，扭过头来睁大眼睛好奇地问道，"麻雀叔叔，你是怎么进来的？"

"麻雀"用袖珍电筒微弱的光在通道口绕了一圈，正是这一圈光，让小欢看到"麻雀"那双清澈的眼睛，以及他右眼角旁一道并不明显的凹陷，小欢仿佛看见一颗子弹擦过……麻雀的右眼角。他说："把挡板递给我。"又说，"也许你不相信，事实上，没有一把锁能困住我，一切只不过是时间的问题。"

小欢将挡板递给"麻雀"的时候，她没有立即转身爬走，而是看着"麻雀"弯下腰，用袖珍电筒发出的微弱的光寻找四颗挡板上的螺丝。直到"麻雀"再次让小欢快走时，她才掏出口袋里的怀表看了看时间，留下一句："麻雀叔叔，你小心。"小欢拧开电筒，转身离开……

江枫心惊肉跳地听完了小欢的叙述，抱着小欢讲："以后再也不能做这种事情了！要死人的！吓都要被吓死了！"

小欢不同意江枫的说法，但是她不想顶撞江枫，所以不说话。

江枫又问小欢："麻雀长什么样子？"

小欢摇摇头说："他蒙着脸，我看不见。只是他的眼睛特别好看。"小欢没有将"麻雀"右眼上的伤疤告诉江枫，她决定将这个小秘密悄悄藏起来。

第六章　吹响这支歌

每次去猛将堂孤儿院，皮皮就追着田小七问："还有吗？还有吗？"小欢向满是疑惑的大岛一田解释说，皮皮想吃炒花生。

"要不我们找个地方种花生吧？"大岛一田随口提议。

"汪！"乌云摇摇尾巴，似乎在同意大岛一田的建议。

小欢笑了笑，黄蝴蝶一般的花生花瞬间在小欢的脑海里摇曳起来。

捉迷藏的时候，田小七发现猛将堂孤儿院的后院围墙上有个狗洞。他钻过狗洞，发现一大块菜地，流淌着茵茵的绿色，仔细看看，韭菜正吐芽，菠菜忙努嘴，黄瓜秧分叶，豆角苗破土……

"呀，这真是个好地方！"田小七双手一拍，惊喜地叫道。

再往远处一眺，菜地尽头似乎有溪流，跑近一看，是一条深浅不一的河，悠悠的水缓缓地流。田小七跳起脚，直呼太棒了！他急旋风一般地钻回狗洞，神秘兮兮地拉着小欢和皮皮，招呼着乌云就跑，大岛一田跟在身后喊："喂，干吗去？"

"小子，你跟着来就行，别废话！"田小七和大岛说话的语气越来越不见外了。

孩子们捉虫子，乌云在扑蝴蝶，玩得忘记了时间，等刘兰芝和吴妈绕了个大圈子找到他们的时候，太阳都要落山了。小欢以为刘兰芝会骂自己，低着头，小声说道："姑妈，我一跑进菜地就忘了时间。"

哪知道刘兰芝非但不批评，反而摸摸她的脑袋，笑着问："小欢，要是你有一块菜地，想种些什么呢？"

从不抢话的皮皮竟然喊道："种花生，种花生。"

刘兰芝温柔的目光从小欢的脸上移到了皮皮脸上，笑了。

"对，我们就种花生。"小欢转过身来看着皮皮，也笑着讲，"皮皮喜欢吃花生。"小欢忽然发现皮皮黑白分明的一双眼睛像极了那晚见到的"麻雀"的眼睛，一样清澈，一样宁静。

"可惜我们没有地。"田小七摊摊手。

"我可以让我爸爸买一块地。"大岛一田说道。

刘兰芝摇摇手，一手搂着小欢，一手搂着皮皮，笑着说道:"我来买,我来买,只要我的孩子们高兴,我们就买地种花生。"

跟在身后的吴妈也笑道:"太太,现在正好是种花生的季节。"

"汪!"乌云似乎什么都懂。

第二天一早,刘兰芝就拉着小欢说去孤儿院,有礼物送他们。

小欢知道姑妈一定把地给买下来了,高兴得一蹦三尺高,赶紧打电话给大岛一田和田小七,喊他们快去孤儿院集合。

正巧,吴妈买菜回来了,她喊道:"小欢,我给你买了一把好花生,马上可以种嘞。"

欢欢喜喜出门的小欢,到了菜园后被眼前的一幕惊呆了!跟着来的小伙伴们也惊呆了!乌云汪汪叫个不停。小欢脸色发白地看着刘兰芝,刘兰芝瞪大眼睛,大喊道:"作孽呀!"一拍大腿又说道,"小欢,别难过,这一定不是你姑父的意思,一定是手下的人做事情少根筋。"转身对吴妈讲,"我这就去打个电话问问老毕,他手下的人做事情动不动脑子的!简直是脑西搭牢①的!"

小欢看着昨天还绿茵茵的菜地变成了一片黄土,难受得牙齿咯咯打架。她心想着:韭菜刚吐芽呀,菠菜正旺盛

---

① 编者注:江浙方言,骂人的话。

啊，豆角苗才破土呢，谁这么狠心，能在一夜之间将它们连根拔起？又想：我们种花生只需要旁边再挖一小块地就行了！还想：这菜地的主人一定心疼死了吧！

三个男孩见小欢一阵白一阵红的脸色，都知道她正难受呢，你一句我一句地叫她别伤心了。这时刘兰芝风风火火地回来了，她眉头打结，心中像着了一团火似的，看到孩子们才稍稍缓和下来。她对小欢说："昨天下午我同你姑父打电话讲叫他把这块地买下来，你和小伙伴要种花生，我没有同他讲这块地里原本是有菜种着的呀。结果，他吩咐手下的人把地买下来，还多讲了一句，要是地里不干净要清理干净。哪里晓得手下办事的人这么死脑筋，连夜把菜都拔光了。"

"证明姑父是铁令如山的。"小欢面无表情，咬着嘴唇吐出这么一句。

"小欢，"田小七急得撞撞小欢的胳膊，赶紧打圆场，"毕处长又不晓得的啰。"

"已经这样了，只能多播种一些花生，让绿色早点回来吧。"大岛一田也劝道。

那一天小欢和小伙伴们一起把花生放进翻过的泥土里，可是她恍惚间却想象不出浓密的绿色花生叶和仿佛黄蝴蝶一般飞舞的花生花点缀在菜地里会是什么样子，眼前是一片又一片的血红，血色中浮浮沉沉的是安娜模糊的脸。低着头的小欢赶紧擦去欲坠未坠的泪，不敢再放飞思绪，继续伤感。小欢瞥一眼也弯着腰往地里放花生的刘兰芝，暗自说道："你是好人！"

2

刘兰芝不同他们一起去猛将堂孤儿院的时候，小欢都会溜进小手掌幼儿园。"首长"会教她吹口琴，当小欢学会吹简单音符的时候，她说如果可以将《小手掌》吹出来就好了，当晚，"首长"就将《小手掌》谱成口琴曲。

小欢将口琴带回了愚园路，说是田小七送给她的。小欢对着刘兰芝胡乱地吹，却吹得刘兰芝心花怒放、泪流满面。小欢又对着毕忠良吹，然后咯咯直笑。毕忠良喝下一杯绍兴黄酒，喉结滚动了一下，说道："我爸爸会拉二胡，二胡的声音很好听，可惜他不在了。"

小欢变得忙碌起来，她要约小伙伴一起去猛将堂孤儿院看皮皮，维护他们一起种的花生；她要趁刘兰芝不在的时候去小手掌幼儿园，跟"首长"学吹口琴。她还问"首长"，最近有什么任务要交给她吗，可是"首长"总是笑着摇头说没有。小欢知道，一定是"麻雀"让组织不要再安排任何任务给她了，因为那晚"麻雀"对她讲过，以后不要再做这么危险的事情。她还要缠着刘兰芝带她去76号，有时候直接在毕忠良早晨出门的时候，闹着非要跟着他的车一起去。

小欢像一支悠闲的曲子传进了连空气都紧张得要凝固的76号，她会在院子里奔跑，她会在每一间办公室穿梭，她会立在大楼的屋檐下吹简单的音符，也会吹《小手掌》，而且总是鼓足劲吹得很响。在厨房里被油烟环抱的江枫晓得，那是小欢在呼喊妈妈，所以每次口琴声一响，他的心就开始在哗啦啦的琴音里挣扎，挣扎着呐喊："安娜，安娜，安娜，你听到了吗？你一定要听到啊！是小欢，是小欢在叫'妈妈'！是小欢在说'妈妈我想你'！"

只是，小欢单调的口琴声让坐在办公室里的李寻烟有种说不出的坐立不安。事实上，自从那晚小欢踩翻洗澡盆，在江枫紧张的眼神中，李寻烟猎狗一样的鼻子已经嗅到了危险的味道，只是他还拿不准罢了。此时，李寻烟在心里想，毕处长一定是疯了，让一个

孩子天天往76号跑，还尽吹些不成调的怪音。好几次他站在窗前看这个断臂的女孩，想去提醒一下毕忠良，万一梅机关那边有人过来，那可不太好。可是李寻烟忍住了，他知道自己在毕忠良心中的分量肯定是远远不如这个小姑娘的，何必去自取其辱呢！

小欢无数次想象自己某一天能在76号见上妈妈一面，当她知道监牢的入口后，就朝入口吹响琴音，反反复复的都是那几个音调。李寻烟的眼神一直盯着小欢，他感觉到小欢的内心强大到可怕，也许是时候一探究竟了，若真让他抓到什么蛛丝马迹，那在日本人面前铁定是大功一件。

"小欢，审讯室里传出来的声音你不怕吗？"走近小欢的李寻烟问道，他睁大眼睛审视着小欢。

"嘘！"小欢停下口琴，用手指在嘴前做了个噤声的动作，又将拿着口琴的右手放在胸前，轻声说道，"主啊，保佑这些苦难的人吧，愿我并不动听的琴声带给他们片刻的安宁。"然后，小欢抬起头瞪大眼睛看着李寻烟说道，"我姑妈带我去猛将堂孤儿院时，里面的嬷嬷说，天主会保佑所有痛苦的人！我想这里面传出这么多痛苦叫喊的声音，他们一定很痛苦，我在替他们祷告呢，你实在不应该打扰我的。"

"呵……"李寻烟咧嘴，露出尴尬的笑，他正要继续说话的时候，从幽深的审讯室走出一个人，冲他喊道："寻烟，干吗呢？"

"陈深啊，"李寻烟抬眼笑道，"什么大鱼还要劳烦你这个行动队的队长亲自审问。"李寻烟举起手，一拳打在来人的肩头。小欢想他们关系一定不浅。

"唉，我看这群人魔怔了，是个人都想抓起来审一审，这刚从街上抓回来一个沿街卖杨梅的，硬怀疑人家通共，我看那人经不住三鞭子，早晚被他们打死。"说着，陈深甩给李寻烟一根烟，自己也点燃一根，这才注意到身边的小欢，指指她问道，"你就是毕处长家的小天使吧？"

小欢呆呆地看着他。

"这地方你不该来。"陈深对着李寻烟吐出一口烟圈。

"就是，"李寻烟接话道，"这里面关着的都是坏人！"

"我姑父讲过，坏人也是天主的孩子！天主会原谅他们的！"小欢清亮亮的眼神划过李寻烟凸出的颧骨，不再看他，重新举起口琴，反反复复地吹她单调的琴音。

"走，"陈深揽过李寻烟的肩说道，"上我办公室喝茶去，有好茶。"

李寻烟跟着陈深的脚步走了，他拧着眉转头看小欢背影的时候，轻哼了一句："呵，天主的孩子？"

小欢笑了，她看到那个叫陈深的年轻人的右眼角上有一道能让她欢喜的伤疤。

毕忠良也问小欢为什么要朝着审讯室的入口吹口琴，小欢的回答跟对李寻烟说的话一样。于是，整个76号的人都在传毕处长家的小欢是天主派来的折翼天使，她来拯救那些冥顽不化的反日分子。除了江枫，谁也不知道，小欢是希望妈妈能听到她饱含着爱的琴音；谁也不知道，她从来不躲开审讯室里传出的鬼哭狼嚎、声嘶力竭，更多的时候还要走近些，仔细多听一会儿，其实是因为她想分辨妈妈的声音。

也许小欢真的感动了上天，她终于见到了安娜。

安娜在76号受尽酷刑，还是只字未吐，于是她被带到了梅机关，山田大佐要亲自审问这个身份特殊的共产党。

当安娜浑身是血地被送回76号、由特务拖下车时，小欢一眼就认出了妈妈！闭着眼的安娜仿佛有所感应，几乎也在同一时间睁开了眼睛，看到了屋檐下站着的小欢！安娜泪水涌动的双眼凝聚在小欢空空的左袖上，她迅速咬住嘴唇，不敢让心中的悲痛奔涌而出。安娜低下头，她害怕女儿认出她，因控制不了情绪而暴露身份，那才是最可怕的。当耳边传来单调的琴音时，安娜才重新抬起头来，她用被拔去了指甲、血糊糊一片的手指头在手铐上敲打了三个字："我爱你。"眨眼之间，一滴泪落下。小欢的琴音她听得懂，小欢在吹："妈妈，我爱你，我想你。"那长长短短的音来自组织两年前新制定的密码本，而"妈妈"这两个音是在杭州时，安娜就教给小欢的老密码。小欢用琴音告诉妈妈，她已经见到了"首长"，她是安全的。

此时，毕忠良和李寻烟站在各自的办公室窗前看着这个叫安娜的铁人一样的女共党和小欢的一场交集。毕忠良听到屋檐下的小欢对着远去的血人喊道："愿主保佑你！"而隔壁办公室的李寻烟则转过身来，双手久久握在木质的靠椅上，直到顶着木头的指甲硬生生地发疼，李寻烟也没有放手。

整个76号久久萦绕着小欢的口琴声，她一遍又一遍地吹响《小手掌》。愿这些音符幻化成一把把利剑，刺进敌人的胸膛，将侵略者赶出我们的国家！

3

终于看到安娜了，小欢告诉江枫她要救妈妈，告诉首长她要救妈妈，告诉大毛和二毛她要救妈妈！除了乌云汪汪两声表示支持，其他人的回答出奇地统一，他们说，会有机会的，但需要冷静！

大岛一田教他们几个下国际象棋，聪明的田小七和小欢竟都没皮皮下得好，于是，在国际象棋上得到快乐的皮皮，总是追着他们三个问："还来吗？还来吗？"田小七被问得烦了，就自顾自地跳进菜园旁的小河里游泳去了，乌云也跳下了河。大岛一田也会游泳。小欢抖动着空空的左袖，想起在杭州时，田小七追着她说要教她游泳的，可是现在，她想学也学不了了。一时间，无限伤感涌上心头。

皮皮看着被大岛一田和田小七搅动得不安的水面,看上去特别平静。小欢想,皮皮的内心得有多平静啊,我可得向皮皮学习,"首长"说过,救安娜需要一颗平静的心。想得入神,没注意到淘气的田小七朝岸上泼水,皮皮一躲,撞到了小欢,小欢脚底一滑,掉进池塘,举着右手,在水里沉浮。田小七和大岛一田赶紧来救,急得皮皮在岸上大喊:"快一点!快一点!"

乌云急得汪汪乱叫。

田小七先大岛一田一步抱住了呛水的小欢,小欢伏在田小七的肩头,咳得厉害。大岛一田和田小七一起要把小欢拖回岸边,小欢却一撸脸上的水说道:"小七,一田,你们俩教我游泳吧!"

皮皮在岸上听了,笑着鼓掌道:"学游泳,学游泳。"

小欢冲皮皮笑,她对田小七和大岛一田说:"你们看皮皮笑起来多好看。"

田小七说:"皮皮的话都多了。"

大岛一田说:"皮皮喜欢三个字三个字地说话,这就是中国人的'三字经'吧。"

田小七和小欢冲着大岛一田哈哈大笑起来。

"汪!"乌云也在笑。

没想到学国际象棋最快的皮皮,学游泳也快,才两天工夫他就能独自游出去好远了,这自然是让人刮目相看的。小欢有点儿羡慕皮皮,她夸奖皮皮有一个智慧的脑袋。相对于皮皮，小欢学游泳自然没这么顺利，她平衡不了身体，浮不起来。大岛一田有点心疼小欢，让她别学了，可是小欢咬咬牙说："必须战胜自己，如果连这点困难都克服不了，怎么救我妈妈呢？"

又有一天，小欢和田小七两人在花生地里兴奋地看着满园绿油油的花生苗。一架飞得很低的飞机从头顶经过，飞行员对他们很友好，向他们挥手，对他们微笑，还撒给他们一些糖。田小七急着剥开糖纸，刚想把糖塞嘴里，想到一旁的小欢，就又把糖往小欢嘴里塞，小欢突然气得瞪大眼睛，胸脯一起一伏地跑开了，她边跑边哭地喊道："你就知道吃，谁的东西你都敢吃，我不跟你玩了，我回家。"

田小七赶紧把地里的糖果全都捡起来塞进口袋，嘴里嘀嘀咕咕地说："怎么不能吃呢，好甜啊，上次大岛一田给你糖你不也吃了吗？"

小欢回家了，田小七只好也无趣地回家了。

小欢回家以后又找了个理由从家里溜了出来，她心急火燎地跑去找田小七，刚才只顾着生气了，都忘记让田小七别吃那糖——那糖能吃吗，万一有毒怎么办？一进屋看到田小七在画糖纸上的图案，小欢说："你画错了，这个图案有十六道光，而你只画了十二道。"她给田小七的画打了一个叉。

田小七要重新画，小欢说："你知不知道，抛下糖果的飞机上画着的是日本人的军旗图案，我的这只手就是被这样的飞机给炸的。"

田小七瞪大眼睛，说："日本人的旗帜不是一个圆饼，狗皮膏药旗吗？"

小欢向田小七解释，膏药旗是日本人的国旗。日本人的军旗是一个红圆饼射出十六道光，叫作"旭日旗"。

田小七赶紧在画上面吐了两口唾沫，骂道："真不该吃日本人的糖。"他伸手把画撕得稀巴烂，怒气冲冲地吼道，"我爸爸妈妈都被日本人杀了！我恨日本人！下次看到大岛一田，我一定要揍他一顿。"田小七心中的怒火一下子被激发了，又燃烧到了大岛一田身上，完全忘记了这段时间他们快乐相处的时光。小欢说，大岛一田不是坏人，日本人也不一定都是坏的，侵略中国的日本人才是坏得透顶。

4

小欢离开秋风渡石库门的时候，乌云就呜呜呜地跟着她，一副不舍得的模样。田小七说："小欢，乌云不舍得你。"

小欢蹲下来摸摸乌云，用鼻尖碰碰乌云的脑袋，说道："我也不舍得你啊，可是我必须回去了。"

小欢一步一回头，乌云始终跟着她。

田小七又说："小欢，你把乌云带回去养几天吧，反正那边都知道乌云跟你有缘分。"

"汪！"乌云一定听懂了田小七的话，立马叫了一声。

于是乌云跟着小欢回到了愚园路的公寓。

毕忠良对家中突然出现的这条体形高大的牧羊犬不置可否。

"乌云，去把我姑父的拖鞋叼来。"小欢当着家人的面拍拍乌云的脑袋，指指门口一双棕黑色的皮拖鞋。

"汪！"乌云朝门口跑去。

这时，连毕忠良也看呆了，一双眼盯住小欢看了很久。吴妈站在刘兰芝的身后，嘴里不住地啧啧称奇。

毕忠良和刘兰芝有过一次眼神的交接，他感觉到妻子看小欢的眼神中有一股浓稠到化不开的甜蜜。

"应该是一条良种的德国牧羊犬，体形这么好，又有黑亮的鼻头和眼珠，"毕忠良接过小欢从乌云的嘴里拿下来的拖鞋说道，"如果不这么瘦，跟山田大佐的那条警犬阿四有得一比。"

当晚，毕忠良和小欢在回廊的尽头给乌云搭了个小窝。吴妈将剪好的一块毯子盖上后，小欢说她要写上几个字：乌云在此睡觉。

刘兰芝乐呵呵地说："你已经能写这么多字了？那不是比你爹更厉害了！"

小欢的心头悸动了一下，她顿时想起初到时，江枫跟刘兰芝说过回信是托人写的，他是还没写上两个字，笔就要掉到桌子底下去的，于是小欢甜笑着抬头道："姑父是个好老师！"

毕忠良捧着紫砂茶杯，笑着说道："写写写，现在姑父就跟你一起写。"

两人在桌上一笔一画地写字时，身后的刘兰芝双目盈盈地看着。一派寂静的客厅里，刘兰芝心头的忧伤再次从眼角流露出来。

第二天，毕忠良带小欢和乌云来了76号，他有意想让总部的警犬师来训练一下乌云。对他的这个主意，刘兰芝颇为赞同。

这一天，小欢和乌云都留在了76号。白天，她和江枫一回到房里就有说不完的话。她告诉江枫，她和小伙伴们种的花生已经开出了小黄花，毕忠良一有空就教她认字和写字，说刘兰芝还带她去了教堂，又去了一次人山人海的证券交易所。小欢讲："姑妈说证券交易所可以把一个穷光蛋变成大富翁，也可以把一个大富翁变成穷光蛋。"

江枫只是听着，一直小心翼翼地避免和她提起安娜。

等到夜里，小欢才问："这几天，你有再见过妈妈吗？"

江枫摇头不语。

第二天，毕忠良要带乌云去对面梅机关的警犬训练班，小欢将乌云偷偷招呼到一个角落里，手指戳着乌云的头说："记住了，乌云，要是你跟那边的狼狗交上了朋友，那你就是汉奸。谁也不理你。"

小欢不肯回家，说要陪爸爸。江枫笑着对毕忠良讲："姐夫，她是不舍得对面的狗，想离它近点，随她吧，就让她在这里住几天。"

两天后，李寻烟接到毕忠良的指示，去梅机关带回乌云。

毕忠良把乌云交到小欢手里时说："乌云没法在那边待下去，掌握动作的速度倒是非常快，可它太不合群，一见到其他狼狗就双目喷火。最多的一次，那边的四条狼狗将它围住，可它还是毫无惧色，一个劲地往前冲。"

毕忠良摸摸乌云明显抬高的后臀，眉目喜悦地笑着说："不过毕竟伙食好，才两天，身上健硕了许多。这结实的皮肉，有劲啊。"

"陈深，"毕忠良看着从院子里走过的人喊道，"快来！"

"毕处长，找我？"陈深这么说的时候，他的眉眼却对小欢笑了笑。

"你带它去打猎，练练，是条好狗。"

"好啊。"陈深伸手想摸过来的时候，乌云冲着他汪汪两声。

"它叫乌云，你叫它乌云。"小欢压抑着内心的激动，对陈深说。

下午，陈深带着小欢和乌云在树林里转悠，小欢老是瞅他右眼角的伤疤，尽管确定那晚帮她的"麻雀"就是陈深，可还是不敢贸然说出口。小欢想，既然"麻雀"身份隐秘，那么就算他是，也没有必要说出来，于是小欢心满意足地笑了笑。

陈深冷不丁朝着树林中开了一枪，乌云便像一支箭，嗖的一声冲了出去。没过多久，乌云就叼着一只温热的野兔直奔回来。看着受伤带血的兔子渐渐垂下双眼，小欢怜惜地说："为什么要开枪？"

"我们是来打猎的，如果没有猎物怎么向你的姑父交差呢？"陈深拿下乌云口中的野兔。他瞥了一眼闷闷不乐的小欢，轻轻地说道："这副多愁善感的样子，可有损那晚小英雄的风姿啊！"

"啊，"小欢立即抬起头，眼眶里的泪水还在为野兔打转，眼神却瞬间被惊喜所点亮，"你真是……"

"嘘！"陈深环顾四周，示意小欢不要讲出来。

小欢激动地点点头。她压低了声音说："叔叔，我想救妈妈。"

陈深看着小欢，他咳了一声，咬了咬牙关，讲道："我知道，这也是组织启用我的目的，可是我们暂时没有机会。"

"那什么时候有机会？"

看着小欢满是期待和希望的明亮眸子，陈深晓得安娜的处境并不是小欢能够想象的，他怎么能够去伤害一个孩子的心啊。陈深拍拍小欢的背，迟疑地说："安娜可能会被移送去南京，如果真是这样的话，那么我作为行动队一队

的队长有可能会被派上押送的任务，我们的人也许能在途中营救她。"

"真的吗？真的吗？"小欢高兴得似乎要跳起来。陈深知道，小欢根本没有注意到他刚才话里讲的"可能""如果""也许"这些字眼。

可是这就是孩子，他们总能看到希望，只要孩子心中充满希望，那我们的祖国就是有希望的！陈深想到了他的侄子皮皮，还有像他的哥哥嫂子一样为革命事业献身的中华儿女们，心头的血像沸腾的水一般翻涌起来。

5

幸福时光里往往会冲进一些糟糕的事情来。

陈深和小欢刚踏进76号的大门，门房就钻出一颗脑袋来说："陈队长，毕处长让你回来以后直接去会议室。"

陈深双眼一眨，不急不缓地微笑着，问出一句话："什么事啊，这么急？"

"二队刚抓了个共党，可能要咬出大鱼了，"脑袋往院子里瞟了一眼，接着说道，"头头脑脑的都在会议室呢，您快去吧。"

陈深点头，他蹲下来，将手中的野兔递到面目宁静的小欢手中，贴近她的耳朵说："小天使，再见。"又快速地轻语了一句。

小欢带着乌云走向厨房，她欢快地喊道："爸，我们回来了，打了只野兔。"

二队队长梁成趾高气扬地开着小车从大门出去，车后跟着一卡车的黑衣特务，紧接着，李寻烟在广播室传达了毕忠良的命令，76号的所有人都不许离开。

小欢若无其事地带着乌云在院子里玩，乌云冷不丁地冲出门房，没了影，小欢在大门口大喊几声"乌云回来"，门房里的人问："小欢，你追不追？"

小欢朝门房摇摇头说："我可不想违反我姑父的命令，"又朝大门口张望着说道，"再说了，我也赶不上它。"小欢像想起什么似的，冲着门房补充了一句："乌云就是想出去溜达溜达，一会儿自己就回来了。"

小欢的眼再没有离开过窗户，她盯着窗外的大门，在等乌云回来。江枫站在窗口切兔肉，切雪菜，他让小欢去睡会儿，等乌云一回来就叫醒她，可是小欢摇摇头，说："爸，我不累。"

一个小时后，行动队二队的小车、大车开回来时，乌云还没有回来。江枫和小欢睁大了眼睛看着嘴角挂血、头发凌乱的陈芬芳被反绑着双手推下了车。梁成看到大楼前站着的毕忠良，赶紧迎上去，微弓着腰说道："处长，我们去的时候这个女共党正在烧材料，看现场像是有五六个人在开会，刚散了场。"

"附近都搜了吗？"陈深面无表情地问道。

梁成并不搭理陈深，继而对毕忠良汇报道："我派兄弟们在周围都搜查了，"他眼神迟疑了一下，往毕忠良走近一步，贴耳说道，"还遇到了夫人正在这所幼儿园旁边的孤儿院里。"

"那个孤儿院倒是她经常去的。"听到刘兰芝的消息，毕忠良锐利的眼神瞬间变得温柔起来，又问道，"你们怎么做的？"

"我们没有打扰夫人，退出来了。"

"下次遇到这样的事情动动脑子，"毕忠良看了一眼一旁的陈深，又说道，"就算有夫人在的地方也是要搜查的。"毕忠良右手一挥道，"你们审吧，我先回家一趟，今天你们估计是吓到夫人了。"

毕忠良的车子已经离开，乌云却还没有回来。

门卫在入夜以后敲开了江枫的房门，说："你们家的乌云一直趴在门外不肯进来。"小欢夺门而出，乌云用一双忧伤的眼望着她和也向它走来的江枫，嘴里哼哼有声地往后退缩。

江枫将乌云抱回屋里，它耳朵里的字条只有简单的一句话："对不起，请照顾好小欢。陈。"

夜幕四合，江枫看着毕忠良的小车驶进了院子，他的身后竟然还跟着对面梅机关山田大佐的车子。想到陈芬芳柔弱的身子、清瘦的脸庞，江枫浑身一颤，不寒而栗。

夜里，审讯室里传出撕心裂肺的惨叫。江枫端着两碗次坞打面走进76号的审讯室，还未来得及细看，躺在地上蓬头垢面的陈芬芳就喷出了一口鲜血。

被勤务兵牵在手里的警犬阿四张着嘴，晶亮的涎水直流下来，像刀锋，像利剑，逼着江枫睁不开眼。

"鬼子！汉奸！我恨不得在你们的面条里下毒！"陈芬芳满嘴血沫，瞪着毕忠良，突然狂笑道，"你还不如鬼子身边的一条狗！"顺势又将一口带血的唾沫吐在山田的脸上。

戴着白手套的山田撸了一把血，龇牙咧嘴地骂道："八嘎呀路！"他怒不可遏地拿起江枫餐盘里端着的其中一碗面条，将整碗滚烫的面汤朝着陈芬芳的脸上泼过去。"阿四，上去咬她！"山田失心疯地叫喊道。

名叫阿四的狼狗便挣脱了铁链，在面汤升腾起的一阵热气中直接扑向陈芬芳的喉咙。鲜血像一股热烈的喷泉般涌出。

江枫记得，那天陈芬芳的脸上沾满了青菜和面条，她努力说出的最后一句话是："我坚信，胜利不会姗姗来迟！"陈芬芳烛火般脆弱的生命在江枫面前画上了句号，可是"首长"坚定的信念在江枫的心里永不消散。

江枫双手颤抖地退出了审讯室，他头皮发胀，凭着直觉走回厨房，面对迎着他、焦急地问情况的小欢，江枫突然感觉到胸口有什么热热的东西一涌，下意识地用双手捂住嘴巴，可是胃里的东西还是翻江倒海般地涌上来……

一阵凌乱过后，江枫睁着血红的双眼对小欢说："我看着阿四把"首长"咬死了。"

小欢一屁股坐在地上，她咬着下嘴唇，不让自己哭出来，但眼泪还是吧嗒吧嗒往下滴。起伏的胸口将思绪拨回到下午，陈深在她耳边说："躲进男厕所洗手台下面的柜子里等我。"

陈深知道，抓了共党，所有的头头脑脑都聚在会议室，那是一定要有大行动的。时间紧迫，所以也只能再次启用小欢，以防万一了。

小欢溜进了男厕所，藏进了洗手台下的柜子里。等行动队二队一出动，所有人被通知不准离开76号，以防抓捕消息会泄露的时候，陈深晃晃悠悠地走进了男厕所。他推开了三扇门，确定都没有人时，才把一张小字条塞进洗手台下的柜子里。

小欢将字条藏在鞋底里，正准备走出男厕所，迎面撞上李寻烟。

小欢潮红的脸一下子暗下来。

"小欢？"李寻烟抬头看看门上的小人，还以为是自己走错了，确定没错后，一脸奇怪地问道，"你怎么走进男厕所了？"

"我，"小欢嘟着嘴说道，"我跟我爸爸玩捉迷藏，我都在臭烘烘的厕所里待了半个小时，他还没找到我。"小欢急吼吼地说完，抬脚就走，嘴里还叨叨着，"这个笨爸爸……"

李寻烟狐疑地看着小欢清瘦的背影，满眼都是小欢怪异的神情。他抬脚走进厕所，轻轻地推开每一扇厕所门，又看到了洗手台下开着门的木柜子，嘴角一斜，自言自语了一句："小丫头，真想得出来。"

字条上，陈深简明扼要的几句话让江枫和小欢心急如焚——"被抓的人已经招供，下午四点在小手掌联络点有组织会议。76号只进不出，所有电话都会被监听，消息必须送出去。"

于是，这张字条就被小欢塞进乌云的耳朵……然而，他们终究是迟了一步，陈芬芳不幸被捕。

十多天后，当江枫在买菜回来的一个路口与一个陌生女子不期而遇时，她笑容凄楚地说："我叫叶姗，姗姗来迟的姗，接下去的工作，由我代替陈芬芳同志，我的代号依然是'首长'。我们新的联络点在猛将堂孤儿院。"

看着惊愕的江枫，叶姗说："最危险的地方也最安全。"

那一天，江枫得知，乌云抄小路比行动队的车早到了五分钟，看了字条以后，"首长"决定留下来掩护其他同志撤离，就像几年前安娜掩护他们撤离一样。因为只有抓住一个，特务们才不会无休止地搜捕下去。事实上，那天组织的其他人员果真就在王院长的安排下，躲在猛将堂孤儿院的卧室里。

　　"所以，刘兰芝无意之中救了共产党。"江枫在心里这样想，接着他又默念道，"老天爷不会放过任何一个作恶的人，也不会亏待任何一个善良的人！"那一刻，江枫捏紧了拳头，指甲嵌进手心里。他顾不上手心的疼痛感，皱了皱眉头，头皮发胀，眼前翻来覆去地重现着"首长"的死状。

　　好长一段时间，小欢都无精打采的。一晃眼，竟是八月了，刘兰芝对小欢说："你们地里的花生该收了。"

　　小欢、田小七、皮皮和大岛一田，还有乌云，一起在地里收花生。有个穿得破烂的孩子站得远远地看他们，田小七朝那孩子喊，让他来帮忙，那孩子一扭头就跑了，可是过了一会儿又站得远远地看。反复几次，田小七朝大岛一田使眼色，他们两面包抄，把那孩子抓住了。一问之下，这才知道这块原本种着碧绿蔬菜的土地就是他家的，可是却被毕忠良的手下强行拔光了菜，霸占了地，他的爸爸还被打了一顿，至今卧床不起，还被威胁不能说出去。

　　小欢红扑扑的小脸气得铁青铁青，她让男孩不许跑，跟着他们一起挖花生。

　　小欢喘着粗气讲道："挖完花生，这块地就还给你们家，不用怕，谁再为难你，就说你姐姐是小欢。"小欢一边讲，一边拍拍胸脯，一副梁红玉的气势。皮皮拿着簸箕跟在他们身后捡花生，他清亮亮地对着小男孩喊道："不要急，不要急，还有的，还有的……"

第七章　生死路线

陈芬芳牺牲后，江枫没有再刮过胡子，他并不知道自己为什么会这样，只是事情就这样发生了。后来江枫想，也许是老天爷让他纪念一下"首长"吧，毕竟他算是送了"首长"最后一程。

那天，大毛在六大埭菜场将江枫拉到偏巷里，低声提醒道："你这个厨师怎么让韭菜疯长到自己的脸上了？"

"求求你，我想回杭州。"江枫说。

大毛一脸愕然。

"你们不会有机会的。毕忠良进进出出，随时都是一大帮护卫，你甚至不知道他坐哪辆车。"

"这就是我们需要内线的原因。"大毛又说，"我们有耐心等。"

"你这么想他死，还不如干脆给我一包老鼠药，我在他饭菜里下毒。"

"开什么玩笑。"大毛讶然地说，"那样你和小欢还能走出76号？还能离开上海？"

"我倒是无所谓。"江枫说，"我只希望小欢能早日见到安娜。"

大毛蹲到墙角处，双手捂脸，一筹莫展。对于身处另一个阵营的安娜，他其实也没有更多的消息。

"会有机会的。"大毛只能重复这么一句话。

"这话，你自己能相信吗？"

"但我们起码要有信心。"大毛抬头对着天空说，"上海不会永远这样阴霾，我希望你能和我一起相信这一点。"大毛又说，"回去刮一刮胡子吧。海半仙还在等待胜利的那一天呢，他说胜利了要去黄浦江上放鞭炮。"

一九四〇年的十月十七日，是上海滩一个平常的日子，要说有什么不同，就是这一天的下午，汉口路与山东路的十字路口，发生了一场激烈的枪战。

这天下午的五点一过，证券大楼停止营业后，公共租界黄浦江畔自北向南，南京路、九江路及汉口路上车流堵塞，人满为患，喇叭声及吵闹声响成一片。

刘兰芝在汉口路上顶着西向的人流左右避让，一直走到交通银行大楼的门口，她才见到了毕忠良的那辆小车。已经入秋，虽然脱下了罩衫，仅留一件无袖的旗袍，但这拥挤的一条路，刘兰芝仍走得气喘吁吁、大汗淋漓。

"出门碰见个大头鬼，"刘兰芝上车后愤愤地说，"今天股票又是大跌，前两天赚来的钱都赔出去了。"

车厢里却并没有人与她搭话。刘兰芝轻揉着脚跟处的玻璃丝袜，抬头四顾，原来除了司机，毕忠良并没有在车里。

"夫人，毕先生在楼上，事情还没有忙完，他让我先在这里等您。"司机回头说。

前一天的下午，刘兰芝踩着高跟鞋，牵着小欢一瘸一拐地来到76号，正好碰见了江枫站在门口。江枫和小欢扶着刘兰芝去毕忠良的办公室。刘兰芝身子还没坐下就一阵抱怨："个瘪三，竟然敢偷我的钱包，害我扭了脚。"原来这天的股市休市后，因为叫不到祥生公司的出租车，刘兰芝硬着头皮挤了一回电车。

当晚，小欢在大岛一田的邀请下借机离开了愚园路的毕公馆，去了猛将堂孤儿院，向"首长"汇报第二天毕忠良的出行路线，并问这消息是否可以告诉军统的人。

"首长"点点头。

小欢立即赶到秋风渡石库门找到二毛，关上门后说："毕忠良明天下午要去汉口路的银行里办事，要等到股市休市后才能返回。"

"知道是哪家银行吗？"二毛问。

小欢摇头，说："毕忠良说话的时候，我和爸爸已经退到门外了。"

"那我们的人只能在前面的路口堵截。也好，车多人杂，方便我们隐蔽撤离。"二毛捏紧了拳头，寒气逼人的目光让小欢脊背发凉，二毛又问道，"江枫怎么不来？"

"76 号有规定，六点以后，除非有处长的批条，否则只进不出，爸爸没有理由出来。"小欢回想着下午和江枫争论谁去通知"首长"的一幕。

"刘兰芝也会在车上，"小欢在临走前吞吞吐吐地终于还是说了一句，"我，我不想她有事。"

二毛没有回答。

十七日的下午五点，身着一套洗得发旧的西装的飓风行动队队长陶大春走出汉口路与山东路十字路口的新闻报馆大门。到达路口中央时，他掏出袋中的牛皮纸笔记本和一支黑色圆帽钢笔，在交通亭的门外朝里头的岗警挥了挥手。

"警官，我是对面申报馆的记者，想来采访你一下。"陶大春进入岗亭后，一脸笑容地说。

"没看见我在忙吗？"负责手动操控红绿灯的巡警双眼不离前方的街道，很不耐烦。

陶大春猛地上前，一记重拳落在他的后脑勺处，对方当即不省人事。陶大春又掏出袋里的绳索将他捆绑，一条毛巾硬塞进他的嘴里。

那一刻，身着便装的大毛、二毛和另外五名队员已经在路口处分散站定，眼睛始终盯着东向驶来的车流。

一名队员朝着陶大春挥舞起手中高举的衣衫时，陶大春便发现了挤在前方车流中依次排列的三辆相同款型的黑色小车。一直等到走在前头的第一辆车正要接近路口，陶大春才摁下了眼前的红灯按钮。

　　远处海关大楼上大钟的分针移动了好几格，山东路上南北向的车流也已经走了一辆又一辆，汉口路上的红灯却一成不变地闪亮着。第一辆车上的司机把喇叭摁得一阵阵锐响，摇下车窗探出脑袋正欲开口辱骂时，大毛的一颗子弹正好击中他的眉心。随后，队员们又分头射穿了后面两辆车的轮胎。

　　毕忠良车队的护卫一个个低头冲出车门后，枪声大作，四个街口处的人群便左冲右突地彻底沸腾了。

　　二毛是在海关钟楼响起"威斯敏斯特"的报时乐曲时接近最后一辆车的。那时，车厢后排的李寻烟一脚踢开车门。二毛一个躲闪，身子尚未站定，李寻烟的三颗子弹便在一瞬间将他击中。

　　眼底是一阵天昏地暗。倒下的那一刻，二毛的一只眼睛最后望了一下身前打开车门的后排车厢，除了眼里的一抹血光，里头空无一人。

　　江枫到达秋风渡的时候，陶大春叫来的医生正对着床上血人一般的二毛束手无策。李寻烟的三颗子弹，两颗落在二毛的腹部和肩胛处，最后一颗擦过二毛的左眼。那时，二毛像一头困兽，挣扎抽搐，透过右眼的一丝缝隙，像是要将牙关咬碎一般地吼道："你们的情报有误！"

二毛紧紧地攥住江枫的手腕，像是要将手指抓进江枫的血肉中，直到最后踢荡了一下双腿，才慢慢地松开那只虎钳般的手，但他始终没有闭上右眼。

"可能他对你有误解。"陶大春弓着背立在二毛的尸体前，眼圈中布满了血丝，又对江枫说，"我相信你！"

大毛一直蹲在厅堂的柱脚下抽烟，一晚上，他脚下的烟蒂像是一座小岛，将他孤立起来。

刘兰芝在躲过这一天的暗杀后，便深陷在自家的沙发中瑟瑟发抖，小欢给她端来茶水放在茶几上，刘兰芝一把抱住小欢，反反复复地念叨："幸好你肚子痛，留在了家里。"刘兰芝自然不知道小欢的肚子是假装吃坏了的。

事实上，刘兰芝这一天后来被毕忠良叫上了另外一辆车。在花旗银行办好黄金寄存手续后，毕忠良是和送行的银行经理一起下的楼。交谈甚欢时，毕忠良突然提议两人一起去南京路口的新世界饭店喝一杯。经理虽是百般推辞，毕忠良却始终坚持。

盛情难却下，经理叫来了自己的司机。三人于是坐上了他的车子，紧跟着毕忠良的车队往前行驶。车子经过浙江实业银行和工部局巡捕房，又过了河南路路口的红绿灯，才开了几百米，前方的枪声就响起了。

坐在前排的经理伸长脖子，紧贴玻璃看清前方的事态后，等到枪声停止了很久，才大梦初醒般地急匆匆转头，对着后排一双鹰眼的毕忠良声音慌乱地说："毕先生，你可要相信我，今天这事情与我无关啊。"

毕忠良将身子缓缓贴近靠背，抓住身边刘兰芝的手，舒展眉头后开口说道："别担心，我会调查的。"

行动队一队二队在队长陈深和梁成的带领下分别展开的调查也一再陷入僵局。那天，李寻烟在毕忠良的办公室内一字一句地分析说，咱们那天一共去了三家银行，交通银行、花旗银行和中央银行，大楼里见到您的人不在少数。去之前，分别和几家银行的经理也都有过预约。而且，咱们在租下各家银行的保险箱时，您也都在合约上有过签字。几家银行的经理和办事员都查过了，特别是花旗银行的董经理。大家的陈述互相之间虽然无法完全印证，但也确实没发现有什么明显的可疑之处。

"要不要让梅机关也帮着查一查？"李寻烟问。

毕忠良抬起手中的雪茄，吐出一口烟雾说："这事决不能让那边插手。"

他站起身子，又说："我抛掉所有的股票在各家银行买进黄金的事，晓得的人越少越好。"

李寻烟拉开反锁的木门时，毕忠良又叫了声等一等。李寻烟站定后回头，毕忠良双目闪过一道疑光，说："那么你觉得，我们这里头，会有内鬼吗？"

李寻烟回到毕忠良对面的座椅上，凝神回想道："处长，出发前，我并没有向任何人透露过要去汉口路。"李寻烟又说，"消息泄露也不是没有可能性，三辆车上这么多人，又在那边停留了好几个小时，中途走开打个电话的时间还是有的。"

毕忠良的一双鹰眼盯着李寻烟，李寻烟的脸色由白转青，又由青转红，他吞吞吐吐地道出一句："都盛传我们内部有个代号叫'麻雀'的共党。"见毕忠良不说话，李寻烟又补充了一句，"梁成那次的抓捕行动，布置那么严密，到最后只抓了一个，可连身份都咬死不说。我想恐怕也是内部走漏了风声。"

"那就撒把米，把这个麻雀揪出来。"毕忠良挥手说。

"我这就去安排。"

"回来，"李寻烟正欲转身的时候，毕忠良尖厉的眼神波动了一下，他压低声音说道，"麻雀如果在我们当中，除了想窃取情报，他还想干什么？"

"我知道了，处长，"李寻烟微微颔首，再次说道，"我去安排。"

2

走回办公室的李寻烟心里头五味杂陈，毕忠良从不信任任何人，尽管自己勤勤恳恳，可一直不为他所重用。李寻烟觉得难啊！在毕忠良手下干下去，恐怕永无出人头地之日。他起身站在窗前，酥骨的风吹在脸上，双眼一睁一闭，异常干涩。他顺手拿起桌上的望远镜，想看一看天上自由自在的鸟。小欢是这个时候跳入他的眼帘的，她正在院子里玩跳房子，胸口的那截包着金的断玉也跟着一跳一跳的。李寻烟透过望远镜看到那段玉里面的蓝色纹理，眼前即刻像走过了千山万水。"不可能！"他不敢相信地对自己说道。

李寻烟手忙脚乱地想去求证点什么的时候，接到了毕忠良的电话，让他去工部局警务处把梁成的资料调出来。

李寻烟找了在工部局警务处的朋友，坐在他的办公室里，等待朋友去档案室调取材料时，他随手拿起桌上的一本无主尸体案件登记簿。在其中的一页里，李寻烟被一行记录文字惊呆：刘菜刀，男，浙江人氏，年龄三十左右，中弹溺毙于苏州河，凶手未获。身上携带浙江省第八师范附属小学（校址浙西衢县）高小毕业证及杭州地区去年年底前签发的临时通行证各一份。

"肯定不会有错。"朋友后来盯着震惊的李寻烟说，"那天碰巧我值班，从苏州河打捞起了这具尸体时，他身上的毕业证就湿漉漉地掉在了地上，又搜出了通行证，而且，后来又在他脖子上的玉佩里发现了刘菜刀三个字。"朋友清晰地回忆着，又补充了一句，"当时我就多看了几眼，因为这名字有点奇怪。"

李寻烟立即拿起电话，在拨下毕忠良办公室的号码时，他突然又挂断了。

离开工部局的李寻烟径直去了梅机关，求见山田大佐。

李寻烟告诉山田大佐，毕处长身边的厨师是个身份不明的人假冒的，真正的刘菜刀应该是在初到上海的时候就被人一枪毙命于苏州河了。

山田用戴着白手套的双手交叠在一起拱着下巴，他犀利地盯着李寻烟并不说话。弓着腰的李寻烟抬眼看看眼前如一座大佛似的日本军官，十月的天已经暑热尽退，可此刻李寻烟却大汗淋漓，脊背又隐隐发凉。

留着一撮小胡子的山田突然开口了，他说："李桑，你们中国人有句古话叫作'一仆不侍二主'，你的身份也是很特别的，为什么要跑来这里告诉我这些？"

"大佐，我是一心为皇军办事的，"李寻烟见山田开口了，神色便稍稍缓和下来，下意识地抬手擦擦满脸的汗，又说道，"一直盛传76号有内鬼'麻雀'，我们的多次行动也进展不顺，可是却抓不到'麻雀'的一点踪迹，所以我想这个'麻雀'一定是容易得到情报，又不容易引起怀疑的。"

"你的意思是你们毕处长杀了真厨师，在身边放着一个假厨师，然后由他获取情报，让这个厨师传递出去？"山田此话一出，立即切中李寻烟的内心想法。李寻烟并不敢断言毕忠良和"麻雀"有什么关系，让日本人对毕忠良产生怀疑，去查一查他才是李寻烟的真正目的！身居要位的毕忠良，肯定是能查出点问题来的，到时候，他李寻烟就有翻身出头之日了。

"不不不，"李寻烟一副惊恐的模样，连连摆手道，"我没这么想，我可不敢怀疑我们处长，一切还要大佐决断！"

"我想你们毕处长也许并不知情，只是不知道哪一方面的人杀了真厨师，安排了假厨师，想混进76号。"山田直起身子，一拳砸在红木办公桌上。

李寻烟往前迈了一小步，压低了声音说道："我也是担心毕处长知道这件事后，他生怕传到大佐您这里，那自己就有了大大的失察之责，恐会杀了那个假厨师，那就咬不出大鱼了，所以才第一时间来报告您。"

"对！"山田指着李寻烟说，"你们中国还有一句古话，叫'不怕一万就怕万一'！"

山田即刻吩咐手下跟着李寻烟去76号抓假冒刘菜刀的厨师，并请毕忠良到梅机关来喝茶。随后，山田又对李寻烟说道："李桑，你的工作我会再安排，我们大日本帝国喜欢和忠诚的人交朋友。"

"谢谢大佐，谢谢大佐……"李寻烟不住地点头，谄媚的样子让山田觉得可笑。

与此同时，江枫和小欢已经提着篮子，大摇大摆地走出了76号，走到极司菲尔路尽头的时候，江枫扔下篮子，拉着小欢开始奔跑。他们清楚地记得，十分钟以前跑来76

号找小欢的大岛一田说："你们暴露了，必须马上走！去科尔贝尔路公济医院找一名叫王月的护士，她是我的英语老师，我会给她打电话的。"

小欢紧拽着大岛一田问："怎么回事？"

"我父亲让我请干爹晚上去家里喝酒，我在他的门外听到一个叫李寻烟的人知道了你们的秘密。"大岛一田拿起一旁地上的篮子，递到不知所措的江枫手中，推着他们赶紧走，而大岛一田径直走进了办公楼，替他爸爸邀请毕忠良晚上去家里喝酒。

李寻烟带着一队日本宪兵进76号的时候，门房吓得慌忙迎出来问："李秘书，怎么啦？"

李寻烟指指厨房的位置，说："抓刘厨子。"

"他们父女俩刚出去了，有说有笑地拿了个大篮子，跟我说买菜去。"门房一脸不解地说完后，拉过李寻烟压低了声音问，"李秘书，刘大厨可是毕处长的亲戚，你怎么带日本人来抓他？"

"看好你的门！"李寻烟的一句话，呛得门房缩着脑袋退回值班室里去。

李寻烟并不知道江枫他们已经逃跑，而是告诉日本宪兵，在这里等着就行，一会儿就回来了。他自己则大步朝牢房走去。

李寻烟打开牢门，眉头一紧，发霉的腥臭味让他很不舒服，弓着手指放在鼻下吸了吸，咳嗽了几声。安娜僵硬地躺在铺着稻草的地上，见有人开门，艰难地抬起了头。她看到李寻烟，瞪大了似乎要崩裂的眼眶，带着一丝嘲讽地说道："你来做什么？"

"我送你的玉镯呢？我们是不是有个女儿？"李寻烟蹲在安娜的身边。

"呸！"

李寻烟闭上双眼，安娜朝他的脸上吐了唾沫，她的唾沫里含着血水："你不配有女儿！"

李寻烟什么都明白了，他是有个女儿的，可惜他现在才知道。原来他离开安娜的时候，安娜已经怀孕了。

李寻烟转身离开牢房的时候，安娜拼命地爬起来，抓住李寻烟的裤角："虎毒不食子啊！"

李寻烟停住了脚步，并没有回头，他低声说："我的女儿已经没有了一条手臂，我会照顾她长大！"

安娜并不知道外面发生了什么，她只知道，小欢一定是暴露了。安娜如乱麻般交织的思绪在这一刻才真正崩溃，她蜷在地上，失声痛哭，这哭声跟一个共产党员无关，她在为自己是一个不称职的母亲而悲痛。

接到命令去梅机关喝茶的毕忠良，将小车驶出大门的时候特意停下来，脸上的微笑掩盖不了他双目的凶光。毕忠良对在门口来回踱步的李寻烟说："小李，祝你高升！"

李寻烟看着缓缓升起的车窗，一直保持着礼貌性的微笑。

许久不见江枫父女回来，李寻烟带着宪兵队追了出去，在路口看到了那个眼熟的篮子。李寻烟知道他们跑了。

江枫拉着小欢往大路跑，要去赶电车。小欢对江枫说："爸爸，我们不能走大路，更不能坐车。"

于是，小欢拉着江枫跑。小欢在日记本中记下的那些四通八达的弄堂帮助了他们。跑进公济医院的时候，江枫以为自己被日光晃了眼，穿着雪白护士服的汪五月正站在医院大楼门口伸长脖子，像在等待爱人的归来，她在江枫的眼里变成了一只白天鹅！

"爸爸，快去呀！"小欢用右臂撞撞江枫。顿时，江枫像被推进了黄浦江，浑身颤抖得像只大蛤蟆。大蛤蟆见到白天鹅显然是紧张的，他理了理溅满油渍的上衣，努力地咧开嘴，机械地伸高手臂，招呼道："五月，见到你真高兴！"

小欢捂着嘴笑了。江枫的笑僵在脸上，心里喊道："笨蛋，江枫，你个笨蛋，说话，说话。"

汪五月似乎并没有感到太多的意外，她跑过来拉起江枫和小欢的手说："跟我来。"

后来，汪五月告诉他们，大岛一田打电话告诉她有一对父女是他的朋友，遇到了麻烦，正往医院来，女孩缺了一条左臂。瞬间，汪五月的心就像被投进了一枚炸弹，轰隆一声响起来，她还来不及问那个女孩是不是叫小欢，大岛一田就挂断了电话，但是汪五月直觉赶来医院的一定是小欢，还有她一直记挂着的江枫。

汪五月还告诉小欢，日本人不停地轰炸上海，她在震旦大学的临时收容医院里做了一名护士，之后又来到公济医院。一年前，大岛一田感染了肺炎，住进这家医院，由她负责照顾，他们私底下就成了很好的朋友，她还做了大岛一田的英文老师。只是大岛一田并不知道，他亲爱的王月老师其实叫汪五月。

江枫出神地看着汪五月，看着她齐耳的短发在脸颊上磨蹭，看着她弯弯的睫毛在眼睑上跳舞，看着她诱人的红唇仿佛此刻他猛烈跳动的真心。江枫突然有些感谢李寻烟，感谢他的告密，让自己终于得见一直愧对的心上人。

3

从梅机关喝茶回来的毕忠良得知李寻烟并没有找到"刘菜刀父女"，心中竟有一丝欣喜，只是他从不喜形于色罢了。看管监狱的特务敲响了他办公室的门。

听完狱卒说李寻烟刚去牢房看过安娜，还有他们的谈话，毕忠良瞬间明白了一切：这一对假冒的刘菜刀父女是为了牢里的这个女共党来的。一时间，那一日小欢对着这个女共党吹口琴的场景浮现在毕忠良脑海里。他的嘴角微动了一下，摇摇头，自言自语道："看来我的眼睛也有被蒙蔽的时候。"

一个电话之后，陈深和梁成站在毕忠良宽大的办公桌前。毕忠良双手撑在桌子上，对他们说："陈深、梁成，李寻烟走了，你们才是我的左膀右臂。那个刘菜刀和小欢不见了，但他们不会离开上海滩的，我要把他们挖出来！"他忽然举起左手，在空中抓了一把。

"你怎么知道他们不会跑路？"陈深问道。

"因为牢里那个叫安娜的女共党！"毕忠良的眉头往中心皱了皱，接着说道，"用这个女共党把他们挖出来。"

梁成兴奋地搓搓手，说道："说不定还能扯出一大串。"

当天，江枫和小欢的悬赏画像就被张贴了上海的大街小巷。东升旅馆的老板、卖馄饨的阿四，还有十几个拉黄包车的车夫都跑去76号领赏。他们说男的叫江枫，独臂小女孩叫小欢，在上海已经好几年嘞！

领了赏钱的馄饨阿四，突然想到了一个地方，他说："长官，我知道一个地方可能可以找到他们。"

梁成说："快说！"

"这个么……"馄饨阿四举起右手，食指、中指、大拇指相互摩擦着，示意还想多拿些赏钱，他嘿嘿嘿地笑着。

"啰唆什么，快带我去！"梁成用手枪指着馄饨阿四的脑袋，吓得他顿时眼冒金星，双腿打战。

特务们在阿四的带领下闯进了石巷弄董太太的家里，

可怜董太太的家瞬间被翻得天翻地覆。董太太拿起一把菜刀要赶他们，阿四拦着她讲道："老阿姐，你就让长官们看看，看看你这里有没有藏着那个叫江枫和小欢的。"

"他们犯什么事了？"

"长官们说他们是共产党！"

董太太大笑起来，她指着阿四的鼻子骂："侬个瘪三，不如一个小囡囡。"说着，她又挥着菜刀朝正热火朝天翻箱倒柜的特务们吼道，"你们滚出去！"

"长官，她是知道小欢他们藏在哪里的呀，"阿四碰了一鼻子灰后，恼羞成怒，拉着梁成说道，"他们父女俩从这里搬走以后，还回来看过这个老太婆，还给她来拜年，我在街口卖馄饨都是看见过的呀。她肯定晓得他们另外的藏身之地。"

"呸！"董太太一口唾沫吐在阿四脸上，大骂道，"这群人给日本人当狗，你连狗都不如！"

梁成一怒之下，举枪朝董太太的大腿打去，董太太应声倒下。阿四捂着耳朵，吓得尿了裤子。

"说不说？"梁成的枪头指着董太太。

"不晓得！"董太太把头偏向了一边。

搜查无果的梁成示意手下绑了董太太带回去审问。

"老阿姐，老阿姐，"吓得屁滚尿流的阿四这才哭喊道，"你就讲出来吧，他们要带你去的是76号，那是个有去无回的地方哎。"

董太太没有搭理馄饨阿四，她拔下插在发髻上的银簪子，猛地刺进了喉咙！

董太太满口鲜血，已经语不成声，吞吐之间讲的话只有自己听得清，她说："小欢啊，小囡啊，你要是再来这里的时候千万不要哭，大妈妈要心疼的呀……"

第二天，76号登报称：三日后将女共党安娜于西郊外活埋，由76号特别行动处处长毕忠良亲自押赴。

大岛一田来公济医院找小欢，给她带来一套男孩的衣服。大岛一田对江枫和小欢说，这几天他会想办法让他爸爸运输公司的车队送他们出上海，可是在这之前，小欢应该去看看猛将堂孤儿院的皮皮。小欢点点头，拿着衣服去换。江枫说他也要去猛将堂孤儿院找"首长"，得把他们已经暴露的事情告诉组织。

大岛一田拦着江枫说："你出去目标太大了，我和小欢两个孩子出去，没人会在意我们的。"

"对，"换好衣服走出来的小欢说，"我会把这个消息传递给'首长'的。"

走出公济医院，上了黄包车的小欢才知道大岛一田撇开江枫是因为要给她看报纸上关于安娜要被活埋的新闻。

"我要救我妈！"小欢话音未落，就被大岛一田捂住了嘴。

"救！所以我们要商量。"大岛一田放开小欢，说道，"这件事不能让大人知道，他们是不会同意的。"

小欢带着一双泪眼点头。

"田小七和皮皮都在等我们去商量。"大岛一田捏紧了小欢的手，说道，"你可千万要沉住气。"

与此同时，"麻雀"给他的上线传递的消息是："活埋安娜是一次诱捕，执行地会重兵埋伏，请组织放弃救援。另外请组织查找'翠鸟'和'石榴'的下落，他们已经暴露，踪迹全无。"

毫不知情的四个孩子还在商量着，他们天真地决定，等特务们一走，他们就把安娜给挖出来。

小欢说："妈，你一定要坚持住！"

大岛一田说："我会备好药品。"

田小七说："我准备吃的。"

皮皮说："一起去！"

4

刊登了准备处决安娜消息的报纸，以及满大街贴着的江枫和小欢的悬赏通告，让大毛倒吸了一口凉气，他担心的这一天终于还是来了。江枫并没有来找他，那么没有消息也就是最好的消息，匆忙收了肉摊的大毛，在心里念了一句"吉人自有天相"，便匆忙赶回秋风渡的石库门。

大毛想在三天后的西郊刺杀毕忠良，但是他的想法被陶大春坚决否定了。

陶大春说："瞎子都看得出这是一次诱捕，毕忠良居心叵测。"

大毛应声道："瞎子怎么看得出？"

"你不要强词夺理！"陶大春的眉宇之间透着凶狠，"上次汉口路的行动只活下来几个人，不能再做这样的冒险。"

大毛没有作声，但是他已经有了决定，这个决定就是：哪怕只有他一个人，也要给弟弟二毛报仇！

安娜被押去西郊的这一天，天气格外晴朗，湛蓝的天空除了火红的太阳，连一丝浮云都没有。这天晨会过后，毕忠良临时决定叫陈深安排行动队一队的人马押车去西郊。

所有人都下车站在一块空地前，只是毕忠良的前后始终站着两个特务。毕忠良在原地转了一圈，指指地面，大声说道："就在这里挖个坑吧。"

"毕忠良，拿命来！"只听声音不见人，众人惊慌失措，将毕忠良团团围住，直到声声枪响，众人才知道子弹是从树上射下来的，那个开枪的人也已经从树上跳下来了——大毛是抱着必死的决心的，可惜他打出的八发子弹没有一颗击中毕忠良！

所有的枪口都对准了大毛，无数颗子弹射向大毛的时候，安娜猛地挣脱开特务的束缚，挡在了一把手枪前，一颗子弹穿过她的心脏，随即，她像一挂面条缓缓地软倒下来，她的那双明亮的眼睛看着不远处的陈深，摇了摇头。陈深捏紧了拳头，提醒自己不能上前。

此时，大毛已经被打成了一个筛子，他的血染红了四周的小草。

"陈深，愣着干什么？带这个女共党去医院，她必须活着，南京方面要她！"毕忠良咆哮道。

陈深抱起安娜，低声说："挺住，我送你去医院！"

此时，躲在路旁草丛里的四个孩子也在经历一场激烈的斗争。小欢和田小七要冲出去，大岛一田和皮皮死死地拽住他们。一个特务发现了躲在路旁草丛里的人头，一颗子弹射来，惊得四个孩子不知所措。

"陈深，小欢怎么样？"安娜在陈深的怀里问道。

"安全。"陈深看着安娜说，"你不要说话。"

"陈深，我撑不到医院了，这样意外的死对我是最好的安排，我不想再回牢房，也不想更多人因为我而丧命。"安娜拼着最后一丝力气捏紧陈深的手，祈求道，"告诉小欢，妈妈欠她的下辈子再还……"安娜该是还有许多许多话想让陈深带给小欢，可是她真的撑不住了，她的手慢慢地松开了，她的眼睛缓缓地闭上了，只是她的嘴唇还张着，仿佛想再说一句："小欢，妈妈爱你！"

与此同时，大岛一田腾地站起来想表明身份，拖住时间，让三个伙伴赶紧逃跑。可是子弹不长眼啊，大岛一田还没站稳，就被射中了右手臂。他大声喊道："我是山田大佐的干儿子大岛一田!"又低声对身边的三个伙伴说,"赶紧走!"

可是他们哪里还逃得掉,四周都比较开阔,只要一起身,准被特务们一锅端。"真够能添乱的!"毕忠良骂了一句,钻进了车子里,留下几名护卫,让其他特务去看看。

海半仙和乌云突然窜了出来。

海半仙用一把尖刀指着大岛一田的脖子,轻声说道:"孩子,对不起了!"他大喊,"狗特务们,要想你们这小日本的狗崽子不死,就别过来。"

大岛一田很配合地举起双手,大声喊叫。特务里有认得大岛一田的,立马紧张起来,转身向毕忠良汇报,其他特务和两条龇牙咧嘴的猎狗慢慢向他们靠近。海半仙猛地踢一脚趴在地上的田小七,让他带着小欢和皮皮赶紧走,他说:"你一定要为老田家好好活下去!听到什么都不许回头!"小欢和皮皮拉着田小七和乌云,在特务们的眼皮子底下逃跑了。

狙击手的一颗子弹射穿了海半仙的脑门,他的热血溅到了大岛一田的眼睛里。大岛一田晕倒在地。

小欢、皮皮和田小七听到身后传来的枪响,齐刷刷地停下了脚步,他们知道,海爷没了。田小七哭喊着要往回跑,小欢和皮皮拉着他。

"田小雀,你清醒点,你就不该告诉海爷我们今天的行动!"小欢哭着骂道。

"我离开家的时候，给爷爷留了一张字条，说我们要来西郊办一件大事，让乌云在家里陪他。爷爷一定是猜到了我们的秘密！"田小七抹一把眼泪，他失去了世界上最后的亲人。

"跑！"小欢一巴掌打在软塌塌的田小七脸上，吼道，"我们这唯一逃跑的机会是海爷用命换回来的！"

顿时，田小七的心底、脑海里全是爷爷最后的嘱托："不许回头！"

他们又重新奔跑起来，奔跑得更快了！

5

特务们和猎狗追上来了："站住……"恐吓的声音和惊人的枪声伴着猎狗的叫声，仿佛已经咬到了脚跟。

"快跑！他们想抓活的！"小欢意识到枪声是往天上去的，对田小七和皮皮大喊道。

穿过树林，跑出西郊，奔跑一直不停歇！

特务们一直追到视野辽阔的苏州河才收住脚步。十几双狡猾的眼睛扫视着河面和河岸，没发现可疑的迹象，又迅速检查了停靠在河边码头的多条船只，同时反复打量着苏州河桥上的那些行人。几分钟后，十几个特务聚在一起，都摇摇头，没有发现逃跑的三个孩子。

特务们没有想到，小欢指挥田小七和皮皮跳下了苏州河，跟着河里缓行的货运船游动，那些运沙、运煤、运木头的船成了孩子们的保护伞。孩子们抓住船只的一侧，并不觉得太累，但是乌云不行，它看上去已经筋疲力尽，这实在需要很好的体力来支撑，而且特务们只要一过桥走到对岸，再往河里一看就能发现他们。于是小欢当机立断："上岸！"她清醒地意识到，"只有上了岸，钻进大上海那些曲曲折折的弄堂，才能真正摆脱那些特务！

小欢做了个潜水的手势。

终于，三个孩子、一条狗上了岸，迅速蹿进弄堂。

湿答答的小欢拉着湿答答的皮皮，对同样湿答答的、抖得像只小麻虾的田小七说："我们在一起目标太大，必须分开跑。"

这时，小欢瞥到两名特务正走在苏州河的桥上，往河对岸来了。

小欢告诉自己，她必须带着皮皮安全回到猛将堂孤儿院，因为皮皮是无辜的，他还要去延安呢！而江枫一定也在寻找她，他最可能去找自己的地方也是猛将堂孤儿院。

小欢把想法告诉了田小七，田小七点点头，他们约好了在猛将堂孤儿院集合。小欢又交代田小七必须确保没有特务跟着才能进孤儿院，不然万一被特务们发现，会连累孤儿院的。

"我们走了。"小欢抓紧了皮皮的手，对田小七说。

"等等，"田小七叫住小欢，他招呼乌云过来，说，"乌云跟我一样，熟悉这里的每一条大街小巷，乌云跟着你们我放心些。"

"上海的大街小巷我也熟悉！"小欢倔强地说道。

"乌云，跟好小欢。"田小七命令道，他不容小欢推辞。看着从未如此严肃的田小七，小欢心里咯噔一下，她说："田小雀，你长大啦！"

田小七笑着摸摸乌云湿漉漉的毛发，乌云亲热地叫了一声。

小欢拉着皮皮开始奔跑，乌云跟在他们的身后，田小七向着另一个方向也开始奔跑，乌云转过头看了一眼主人的背影，又迅速跟上两双小脚丫。

小欢的脑子里满是她日记本上那些小路、那些弄堂，皮皮从来没有这么兴奋过，他一直轻声地念叨："再快点，再快点！"可是，耳边的风从后面传来"追！"的字眼，就像一把把夺命飞镖。小欢他们在上海的弄堂里穿来穿去，直到被一名特务逼进了死胡同。

小欢拦着皮皮一步一步地往后退，她已经想好了，默数到三，就扑上去，然后大喊："乌云带皮皮回家！"小欢不知道她能抵挡一名训练有素的特务几秒钟，小欢不知道乌云能不能理解家就是猛将堂孤儿院，小欢也不知道她牺牲了能不能确保皮皮回家，可是她别无选择！

"一，二……"小欢咬紧牙关，闭上眼睛。

"汪！"

等小欢猛然睁眼的时候，乌云已经扑倒了特务，特务的枪掉在地上。

"汪……"乌云在撕咬的间隙，朝小欢狂吠，小欢知道乌云在喊："快走啊！我亲爱的小欢！"

小欢拉着皮皮又开始奔跑，她空洞的脑子里盘旋的唯一念想就是乌云能够像往常一样平安归来！

"砰！"

再次听到枪声的时候，小欢前倾的身体突然刹住车，头晕目眩，像是撞在墙上。

"赶上来，赶上来。"回头看看的皮皮想要等到乌云的身影。

低着头的小欢硬是忍住眼泪，她重新拉紧皮皮的手说道："乌云叫我们跑得快一点。"

小欢和皮皮回到孤儿院的时候，田小七已经回来了，江枫果然也在这里。

往外张望的田小七问："乌云呢？"

小欢扑在江枫的怀里大哭起来，田小七就知道乌云没有了。

江枫拦住硬着头皮要往外走的田小七。

"我要让爷爷和乌云入土为安。"田小七想掰开江枫的胳膊。

"现在外面有几百双眼睛正等着你的出现呢!"迎上来的王院长说道。

"我不管!"田小七又犯了犟脾气,他抹了一把眼泪,仰着脖子喊,"我爷爷和乌云是为了我们死的,我不能不管他们。"他说着就要往外走,力气大得连江枫也拧不过他了。

"田小七,如果海爷和乌云知道你现在出去送死会怎么想?"小欢大喊一声,让田小七停下了脚步。他猛地蹲下来,一拳头砸在地上,血水和泪水一起流下来。

田小七一边哭,一边给爷爷和乌云磕头。小欢也泪流不止。一旁的皮皮也跟着哭了,一边哭一边喊乌云的名字。

"孩子们,别哭了,哭声会引来更多麻烦,想想海爷和乌云为你们做出的牺牲吧。"

江枫把田小七扶起来,揽在他并不宽广的怀里,说:"我们会回杭州的,到时候,我们把海半仙的魂魄带回去,他是属于杭州的,他一定想念他的茶楼了。"

6

小欢的突然离开,让刘兰芝大病一场。她问了多次,可是毕忠良对此始终一言不发,因为他也不知道。

桂花谢的时候，刘兰芝离开病榻，对毕忠良说："信了这么多年的耶稣，一点也不能让人平静，我想改去拜拜菩萨。"

"好，拜菩萨去杭州的灵隐寺吧。"毕忠良淡淡地说，后来他又说，"我安排一下，陪你一起去杭州。"

陶大春的飓风行动队一直等到那一天的傍晚，才在杭州城的武林门外见到了三辆疾驶过来的黑色小车。

陶大春一声令下，成排的枪声像一场暴雪般铺天盖地而来。

刘兰芝在车厢里紧闭双眼，反复地默念《圣经》。枪声停歇后，她犹疑着打开车门，在一个枪手的护卫下跌跌撞撞地离去。行动队的一名队员正要举枪射击时，陶大春上前将他的枪口按住，说："她是无辜的，江枫之前交代过。"

毕忠良并没有在这个车队里。

江枫从"麻雀"口中得知毕忠良会陪夫人来杭州的确切消息，只是谁也不知道毕忠良究竟是走水路还是走陆路。为了这一次能够彻底解决毕忠良，江枫将这个消息告诉了陶大春。要为安娜报仇！为海半仙报仇！为更多人报仇！他还面无表情地对陶大春说："如果看到刘兰芝，留她一条命，她是个好人！"

几乎是在武林门枪声响起的同一时间里，载着毕忠良的机动船突突冒着黑烟向着杭州城的方向靠近。这一次，毕忠良的身前身后站着六个保镖，但他依然觉得身处的船舱是空荡荡的一片。

"毕处长，前方就是拱宸桥了。"手下上前禀报道。

"终于到杭州了。"毕忠良向后捋了一把油光发亮的黑发，摘下镜片吹了一口气，在两个保镖的护卫下缓缓走出舱房。那时，夜幕已在杭州各处纷纷落下。

一艘小木船在运河的波澜上微微摇摆，船头一个戴着斗笠的农夫正在月色下煮茶。两船靠近时，一阵说书声越过机动船的马达声传来："岳家父子兵，飞骑战沙场。共抗金兵何所惧，精忠报国真忠良！"

闻声后，站在船头的毕忠良不禁在刚刚升腾起的愉悦中打了一个寒战，还未醒悟，对面的农夫便已转身抬手，南部十四式手枪黑洞洞的枪口正对他光洁的额头。

"毕先生，久等了。"

两颗子弹携带着夜风穿透了月色。

第一次开枪，我就能指哪打哪，真是神枪手！扔掉斗笠后，江枫面如止水，内心的火焰却燃烧得更旺：我来为安娜报仇，为更多的人报仇。他的眼中像是有着另外两颗精致的子弹。

枪声顿时响成一片，子弹在江枫的四周密集地冲撞。当毕忠良眉心的两个窟窿中爬行出两行蚯蚓状的血液时，江枫一个腾跳跃入水中。也就是在那时，他突然觉得背后像是被人推了一把，身体顿时像一块石板，重重地跌落进运河里。

　　身在水中的江枫，依旧能听到沉闷的枪声。昏昏下沉中，他被一阵熟悉的泥腥味所激醒，睁开双眼，又奋力地朝着岸边游去。那时，他似乎见到了水中影影绰绰的汪五月。汪五月仍然站在那一年的拱宸桥头，眼神落寞地说："江枫，这一次你可不要抛下我了！"

　　江枫正要回答时，那艘机动船赶上了他，迎面一个混浊的浪头，将正要靠岸的他彻底掩埋。

　　没过多久，河面上的一摊血水就蔓延开来。清冷的月色中，拱宸桥下像是开出了一树梅花，久久徘徊，不愿凋谢。

　　那时的武林门方向，在飓风行动队奔走的脚步中，似乎有一阵口琴声响起。

7

　　汪五月领着小欢和田小七站在运河对面的一块缓坡上，坡上有三个墓碑。他们一言不发地站到日落。

　　终于，汪五月对着江枫的墓碑说："你好好的，我带孩子们回家了。"又对着海半仙的墓碑说，"海爷，田小七说要回上海的石库门，说要把老田家撑起来！我看行！"

　　"乌云，你陪着我爷爷和叔叔。"田小七摸了一把乌云的墓碑。

田小七回上海了，他说他可以擦鞋，也可以拉黄包车，反正一人吃饱全家不饿。小欢拜托田小七有时间的话去石巷弄替她看望董太太，离开上海的时候太匆忙了，没有来得及去道别，这让小欢一直记挂在心。只是小欢很久很久以后才会知道，田小七并没能见到这个一直照顾她、喜欢她喊自己大妈妈的董太太。

1941年的盛夏，汪五月出神地看着小欢，她正站在挂满红皮石榴的树下，模仿着海半仙的架势，讲梁红玉的故事。这时候，一个男人走进屋来。

"李寻烟！"小欢惊讶地喊道。

"我是你父亲。"李寻烟走近小欢，殷切地说，"你胸口的玉原本是一只很特别的玉镯。"

"你找错人了，我爹叫江枫，我胸口的玉是他留给我的。"小欢捏着胸口的金包玉，毫不含糊地讲道。

李寻烟掏出口袋里安娜的照片，他说："这个不是你妈吗？"他又指着小欢身后的石榴树说，"你妈妈最喜欢吃石榴！"

小欢恶狠狠地瞪着李寻烟，可是泪水还是不争气地流下来。她指着汪五月说："现在她就是我妈！"又跑进屋子指着供桌上江枫的牌位，"那是我爸爸！"

又过了一周，住在富义仓的汪五月和小欢在同一天里迎来了两位客人。先是汪五月从美国回来的舅舅，再是上海过来的一身素雅夏装的叶姗。

那一晚，汪五月还是让小欢给自己打下手，两人异常热闹地准备了一盘爆炒螺蛳和一碗家常红烧鱼。叶姗如水的目光始终跟随着厨房里她们忙碌的身影，而她脸上那份随意自然的安静也让汪五月安心。

三人的话语多了起来，倒是蹲坐在石榴树下的舅舅似乎成了院子里唯一的客人。夜里，汪五月在舅舅的眼前揉捏着指尖，最终鼓起勇气说："舅舅，又让你失望了，我还是决定不去美国了。"

"你这又是为何？"舅舅急切地说。

"江枫曾经跟我说过：'无论如何我们不应该放手自己的家园。'我至今才明白。他虽然正经话少，却比我想得深远。我要是现在离开了，从今往后，或许终将一无所有。"汪五月将目光洒在远处的运河水面上，任凭温和的思绪在往昔的回忆中平静流淌。

第二天，送走面露遗憾的舅舅后，汪五月和叶姗有了一次长谈。

"这是组织上交给我的任务，也是陈芬芳同志被捕前亲自嘱托的。"叶姗的声音像是从头顶的石榴树叶上飘落，她说，"送小欢去延安，这是我的任务，哪怕有再多困难和险阻我也必须完成。"

汪五月凝视着她眼神中的安详和坚定，蓦然意识到自己从未如此这般神情端庄地倾听过一个女性的话语。

"小欢是我们的未来。"叶姗的目光中饱含着憧憬。

"去延安得多久啊?"汪五月问。

"快则半月,慢则一月。"

"那么,我是不是该准备好几袋干粮?还有,延安有学校或者医院吗?"

叶姗听出了汪五月的意思,她笑道:"当然有,我们还缺像汪老师您这样的人才!"

廊檐下那串铜质风铃在微风中响起,像是江枫轻轻一笑,来为小欢和五月送行。

金桂飘香,一脸兴奋的小欢靠在一辆颠簸的牛车上,她吹出的一支口琴曲在乡间小道上随风飘荡。

在此之前,叶姗将一个怀表交到小欢的手里,小欢认得这块怀表,是江枫爸爸的。叶姗说,这是江枫来杭州的前一天交给她的。江枫知道杭州之行凶多吉少,也希望组织能送小欢去延安,因为那是安娜最希望看到的!

叶姗又在汪五月和小欢的眼前掰开了怀表金属壳的后盖,阳光下呈现的是江枫、汪五月和小欢的一张合影。于是,两人同时记起,这是去年在公济医院相遇后的一个夜里,一名住院的摄影记者替他们拍的。

汪五月搂住小欢,让她的脸埋进自己的胸口,说:"从今天起,你就是我的女儿!"

远处的宝塔在晨光中依稀可见时,蔚蓝的天空下,路上的行人和牛车的车夫都听见了一首欢快的儿歌:

我的小手，我的小手，像太阳
爬山坡，爬山坡
哎哟哟
爬到了腰上歇歇脚
爬到了肩上笑一笑
一爬爬到头顶上
到处都是亮堂堂

尾　声

一九四五年八月十五日本投降！

一九四九年五月三日杭州解放！

一九四九年五月二十七日上海解放！

新中国成立后的第三年，小欢成了上海市公安局的一名警察。她第一天去报到的时候，见到了在那里同样是警察的田小七。田小七跟领导介绍，说这是我的开裆裤朋友，她叫李小欢。领导很惊讶。然后，田小七看见小欢在报到表上写下了自己的名字：

江小欢！

石榴红
SHILIU HONG

　　此时，我抬头看一眼窗外，漫天飞舞的雪花已经落得屋顶发白。在二〇一九年的第一场雪里，我仿佛看见小欢清澈的双眸笑盈盈地对我说道："大雪飘后，春来到，一年更比一年好。"

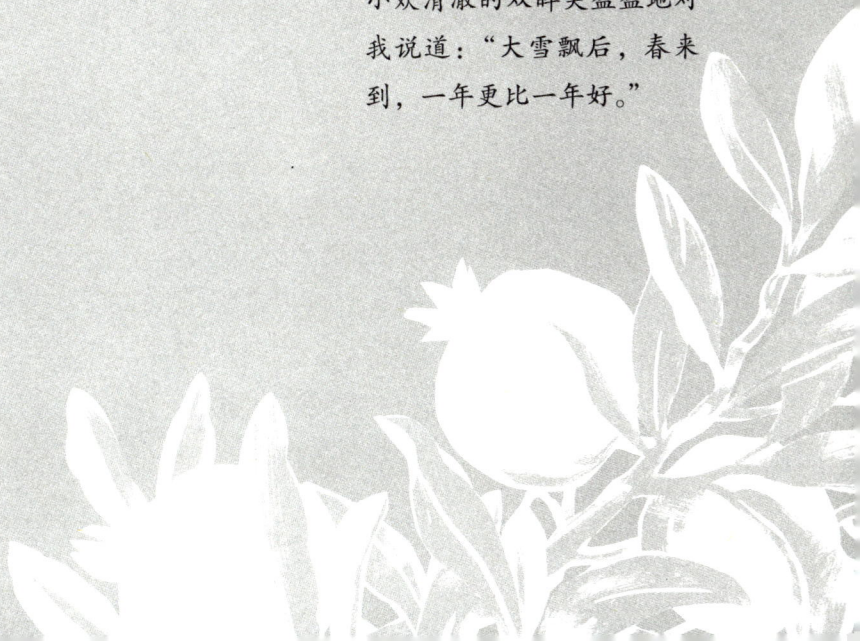

图书在版编目（CIP）数据

石榴红/海飞,陈树著.—杭州:浙江少年儿童
出版社,2019.4
ISBN 978-7-5597-1171-7

Ⅰ.①石… Ⅱ.①海…②陈… Ⅲ.①长篇小说-中
国-当代 Ⅳ.①I247.5

中国版本图书馆 CIP 数据核字（2019）第 025121 号

石榴红
SHILIU HONG

海飞　陈树/著

责任编辑	徐紫馨　张灵羚
装帧设计	艺诚文化
封面绘画	瞿　澜
内容绘画	林　娴
责任校对	潘祎丹
责任印制	孙　诚

浙江少年儿童出版社出版发行
地址：杭州市天目山路 40 号
网址：www.zjsecb.com
杭州杭新印务有限公司印刷
全国各地新华书店经销
开本 880mm×1230mm　1/32
印张 8.25
字数 148000
印数 1—10000
2019 年 4 月第 1 版
2019 年 4 月第 1 次印刷
ISBN 978-7-5597-1171-7
定价：32.00 元
（如有印装质量问题，影响阅读，请与承印厂联系调换）
承印厂联系电话：0571-87640154